A CONFISSÃO DA LEOA

MIA COUTO

A Confissão da Leoa

12ᵃ reimpressão

COMPANHIA DAS LETRAS

Edição apoiada pela Direcção-Geral do Livro e das Bibliotecas/ Secretário de Estado da Cultura

A editora manteve a grafia vigente em Moçambique, observando as regras do Acordo Ortográfico da Língua Portuguesa de 1990.

Capa
Alceu Chiesorin Nunes

Ilustração de capa
Angelo Abu

Revisão
Carmen S. da Costa
Ana Maria Barbosa

Dados Internacionais de Catalogação na Publicação (CIP)
(Câmara Brasileira do Livro, SP, Brasil)

Couto, Mia
    A confissão da Leoa / Mia Couto. — 1ª ed. — São Paulo :
Companhia das Letras, 2012.

ISBN 978-85-359-2682-8

1. Ficção moçambicana (Português) I. Título.

12-10757   CDD-869.3

Índice para catálogo sistemático:
1. Ficção : Literatura moçambicana em português   869.3

Todos os direitos desta edição reservados à
EDITORA SCHWARCZ S.A.
Rua Bandeira Paulista, 702, cj. 32
04532-002 — São Paulo — SP
Telefone: (11) 3707-3500
www.companhiadasletras.com.br
www.blogdacompanhia.com.br
facebook.com/companhiadasletras
instagram.com/companhiadasletras
twitter.com/cialetras

Índice

Explicação inicial

Em 2008, a empresa em que trabalho enviou quinze jovens para atuarem como oficiais ambientais de campo durante a abertura de linhas de prospeção sísmica em Cabo Delgado, no Norte de Moçambique. Na mesma altura e na mesma região, começaram a ocorrer ataques de leões a pessoas. Em poucas semanas, o número de ataques fatais atingiu mais de uma dezena. Esse número cresceu para vinte em cerca de quatro meses. Os nossos jovens colegas trabalhavam no mato, dormindo em tendas de campanha e circulando a pé entre as aldeias. Eles constituíam um alvo fácil para os felinos. Era urgente enviar caçadores que os protegessem. Essa urgência somava--se, é claro, à necessidade de proteção dos camponeses da região. Sugerimos à companhia petrolífera que tomasse em suas mãos a superação definitiva dessa ameaça: a liquidação dos leões comedores de pessoas. Dois caçadores experientes foram contratados e deslocaram-se de Maputo para a Vila de Palma, povoação onde se centravam os ataques dos leões. Na vila eles recrutaram outros caçadores locais para se juntarem à operação. O número de vítimas mortais, entretanto, tinha subido para vinte e seis.

Os caçadores passaram por dois meses de frustração e terror, acudindo a diários pedidos de socorro até conseguirem matar os leões assassinos. Mas não foram apenas essas dificuldades que enfrentaram. De forma permanente lhes era sugerido que os verdadeiros culpados eram habitantes do mundo invisível, onde a espingarda e a bala perdem toda a eficácia. Aos poucos, os caçadores entenderam que os mistérios que enfrentavam eram apenas os sintomas de conflitos sociais que superavam largamente a sua capacidade de resposta.

Vivi esta situação muito de perto. Frequentes visitas que fiz ao local onde decorria este drama sugeriram-me a história que aqui relato, inspirada em factos e personagens reais.

Até que os leões inventem as suas próprias histórias, os caçadores serão sempre os heróis das narrativas de caça.

Provérbio africano

Versão de Mariamar
(1)

A notícia

*Bendito seja o leão que o homem comerá e o leão em
humano se tornará; e maldito seja o homem que o leão
comerá, e o leão se tornará humano.*

Evangelho segundo Tomás

Deus já foi mulher. Antes de se exilar para longe da sua criação e quando ainda não se chamava Nungu, o atual Senhor do Universo parecia-se com todas as mães deste mundo. Nesse outro tempo, falávamos a mesma língua dos mares, da terra e dos céus. O meu avô diz que esse reinado há muito que morreu. Mas resta, algures dentro de nós, memória dessa época longínqua. Sobrevivem ilusões e certezas que, na nossa aldeia de Kulumani, são passadas de geração em geração. Todos sabemos, por exemplo, que o céu ainda não está acabado. São as mulheres que, desde há milénios, vão tecendo esse infinito véu. Quando os seus ventres se arredondam, uma porção de céu fica acrescentada. Ao inverso, quando perdem um filho, esse pedaço de firmamento volta a definhar.

Talvez por essa razão a minha mãe, Hanifa Assulua, não tenha parado de contemplar as nuvens durante o enterro da sua filha mais velha. A minha irmã, Silência, foi a última vítima dos leões que, desde há algumas semanas, atormentam a nossa povoação.

Porque morreu desfigurada, deitaram o que lhe sobrava do corpo sobre o lado esquerdo, com a cabeça virada para o Nascente e os pés virados para Sul. Durante a cerimónia, a mãe parecia dançar: vezes sem conta ela se inclinou sobre um cântaro feito por suas próprias mãos. Aspergiu água sobre a terra em volta que, depois, calcou com ambos os pés, com o mesmo embalo de quem semeia.

No regresso do funeral, havia demasiado céu nos olhos da minha pobre mãe. O caminho até casa era apenas de uns passos: o cemitério familiar ficava nas cercanias da aldeia. Hanifa fez uma breve passagem pelo rio Lideia para os banhos purificadores, enquanto, mais atrás, eu apagava as pegadas que conduziam à sepultura.

— *Sacudam os pés, as poeiras gostam de viajar.*

No chão sagrado do nosso cemitério figurava mais uma cruz a mostrar que éramos distintos, entre muçulmanos e pagãos. Hoje eu sei: colocamos uma lápide sobre os mortos, não é por respeito. É por medo. Temos receio de que regressem. Esse medo, com o tempo, torna-se maior que a saudade.

Todos os familiares respeitaram o mando: o carreiro de regresso foi bem diverso do usado na ida. Todavia, a imagem pegajosa não arredava da minha cabeça: o corpo de Silência erguido em ombros, envolto em panos brancos que balançavam como asas quebradas.

Na soleira da nossa porta, a mãe olhou a casa como se a culpasse: tão viva, tão antiga, tão eterna. A nossa casa diferia das demais palhotas. Era feita de cimento, com telhados de zinco, apetrechada de quartos, sala e cozinha interior. Sobre o chão espalhavam-se tapetes e nas janelas pendiam poeirentos cortinados. Nós também éramos diferentes dos demais habitantes de Kulumani. Sobretudo a minha mãe, Hanifa Assulua, era distinta, assimilada e filha de assimilados. No regresso do funeral reparei como era bela: mesmo com o cabelo rapado, em obediência ao luto, o seu rosto vencia a tristeza. Por um tempo, fitou-me como se avaliasse quanto eu lhe era preciosa. Pensei que havia maternal ternura nesse olhar. Não era assim. Outro sentimento lhe desenhou as palavras:

— *Não terás nunca que passar por tristezas de mãe.*

— *Por favor, mamã, acabei de perder a minha irmã* — disse eu.

— *Não perderás nunca uma filha. Foi Deus que assim quis.*

E virou costas. Já descalça, venceu a porta e se afundou na cama. Pode-se enterrar uma filha, sim. Ela já o fizera antes. Mas não se regressa nunca dessa despedida. Ninguém pede mais a atenção de uma mãe que um filho morto.

Meu pai pediu, então, às mulheres do choro que se retirassem do nosso terreiro. Entrou na penumbra da casa e debruçou-se sobre a mulher para lhe perguntar:

— *Por que rapou o cabelo? Não somos cristãos?*

Hanifa encolheu os ombros. Naquele momento, ela não era coisa nenhuma. Findara o lamento das carpideiras e ela não sabia lidar com tão vasto silêncio.

— *E o que fazemos agora,* ntwangu?

Como todas as mulheres de Kulumani, chamava o marido por *ntwangu*. O homem chamava-se Genito Serafim Mpepe. Por razão de respeito, porém, a mulher nunca se dirigia a ele pelo nome. Éramos assimilados, sim, mas pertencíamos demasiado a Kulumani. Todo o nosso presente era feito de passado. Naquele momento, anichando-se junto dela, o marido falou-lhe com suavidade a que ela não estava habituada, cada palavra uma nuvem reparando os céus.

— *O que fazemos agora? Ora, agora... agora, vivemos, mulher.*

— *Eu já não sei viver,* ntwangu.

— *Ninguém sabe. Mas é isso que a nossa filha nos pede: que vivamos.*

— *Não me fale sobre o que a nossa filha pediu. Você nunca a escutou.*

— *Agora não! Agora não, mulher.*

— *Não entendeu a minha pergunta: o que fazemos com a parte da nossa filha que não enterrámos?*

— *Não quero falar disso. Vamos dormir.*

Ela soergueu-se, apoiada num cotovelo. Os olhos estavam rasgados como os de um afogado.

— *Mas a nossa Silência...*

— *Calada, mulher! Esqueceu que não podemos nunca mais pronunciar o nome da nossa filha?*

— *Eu preciso saber: que partes do corpo enterrámos?*

— *Já disse para se calar, mulher.*

Um tremor de folha na sua voz: meu pai brigava com infernos interiores. O ensanguentado saco contendo os restos da filha ainda pingava na sua memória. E, de novo, a insepultável lembrança o assaltou: o tropel de vozes

16

e espantos que o despertara na anterior madrugada. Genito Mpepe cruzara o pátio, adivinhando a tragédia. Momentos antes, ele tinha escutado os leões rondando a casa. De repente, rugidos, gritos e lamentos dissolveram-se no vazio, o mundo afundado aos despedaços: nada mais restava dentro dele. Para tanto esquecer é preciso não ter nunca vivido.

— *O coração?* — voltou a inquirir Hanifa.

— *Outra vez? Eu não disse que se calasse?*

— *Enterrámos o coração? Você sabe bem o que fazem com o coração...*

O meu pai respirou fundo, contemplou as velhas roupas penduradas no interior do telhado. Não se sentiu diverso daquele vestuário, tombando informe e sem alma no vazio. A voz regressou-lhe, já mansa:

— *Pense assim, mulher: não há cova para um filho.*

— *Não quero ouvir, vou sair.*

— *Sair?*

— *Vou buscar o que resta da nossa filha por aí pelo mato...*

— *Não vai. Daqui de casa você não sai.*

— *A mim ninguém me vai impedir.*

Sairia de casa, sim, andaria por onde já não há caminhos de gente, os seus pés sangrariam, queimar-se-iam os olhos de encontro ao Sol, mas iria buscar o que restava de Silência, a sua eterna menina. Barrando-lhe a passagem, o marido ameaçou:

— *Vou atá-la com uma corda, como se faz com os bichos.*

— *Pois me amarre. Há muito que sou um bicho. Há muito que você dorme com um bicho na sua cama...*

Era a pedra sobre o assunto: Hanifa enroscou os

17

braços nas pernas, em silêncio, como se quisesse render-
-se ao sono.

— *Vai dormir no chão?* — inquiriu Genito.

Ela estendeu o corpo no chão, a cabeça assente na pedra. A sua intenção era escutar as entranhas do mundo.
As mulheres de Kulumani sabem segredos. Sabem, por
exemplo, que dentro do ventre materno os bebés, a um
dado momento, mudam de posição. Em todo o mundo,
eles rodam sobre si próprios, obedecendo a uma única e
telúrica voz. Acontece o mesmo com os mortos: numa
mesma noite — e só pode suceder nessa noite — eles
recebem ordem para se revirarem no ventre da terra. É
então que, à superfície das campas, emergem luzes, um
revolutear de prateadas poeiras. Quem dorme com o
ouvido de encontro ao chão escuta essa circunvolução
dos defuntos. Por essa razão, que Genito desconhecia,
Hanifa recusou leito e travesseiro. Estendida no solo,
ficou escutando a terra. Não tardaria que a filha se fizesse
sentir. Quem sabe até as gémeas Uminha e Igualita, as
antigas falecidas, lhe entregassem recados do outro lado
do mundo?

O marido não se deitou: sabia que o esperava uma
longa noite. A lembrança do corpo dilacerado da filha
lhe afugentaria o sono. O rugido do leão ecoaria dentro
de si, rasgando-lhe as horas. Ficou um tempo na varanda
a perscrutar o escuro. Talvez essa quietude lhe trouxesse
repouso. Mas o silêncio é um ovo às avessas: a casca é
dos outros, mas quem se quebra somos nós.

Uma dúvida o amargurava: como acontecera aquela
tragédia? A filha teria saído de casa a meio da noite? E
se assim acontecera, teria ela a intenção de pôr cobro à

18

vida? Ou, ao inverso, o leão invadira o espaço caseiro, em jeito mais de ladrão do que de fera? De repente, o mundo inteiro se estilhaçou: furtivos passos riscaram o sossego do mato. O coração de Genito lhe cresceu mais do que o peito. Estava acontecendo aquilo que sempre sucede: os leões vinham comer os restos do dia anterior.

Inesperadamente, como se ficasse possesso, o homem desatou aos berros, enquanto corria em círculos:

— *Sei que estão aí, filhos do demónio! Mostrem-se, quero ver-vos sair do mato, vocês são* vantumi va vanu*!*

Da janela o vi nesse agitado delírio, reclamando contra os leões-pessoas, os *vantumi va vanu*. Inesperadamente, tombou desamparado como se lhe tivessem quebrado os joelhos. Ergueu o rosto lentamente e viu que escuras asas de morcego o abraçavam. Não se escutava um ruído, nem folha nem asa crepitavam por cima da sua cabeça. Genito Mpepe era pisteiro, sabia dos impercetíveis sinais da savana. Muitas vezes ele me dissera: só os humanos sabem do silêncio. Para os demais bichos, o mundo nunca está calado e até o crescer das ervas e o desabrochar das pétalas fazem um enorme barulho. No mato, os bichos vivem de ouvido. Era o que meu pai, naquele momento, invejava: ser um bicho. E, longe dos humanos, regressar à sua toca, adormecer sem pena nem culpa.

— *Eu sei que estão aí!*

Desta vez, as suas palavras já não carregavam raiva. Apenas a rouquidão lhe fazia murchar a voz. Repetindo os impropérios, retornou a casa para se refugiar no quarto. A mulher permanecia enroscada, estendida no chão, tal como a havia deixado. Quando lhe ajeitou a manta, Hanifa Assulua, estremunhada, apertou com veemência o corpo do marido e exclamou:

— *Vamos fazer amor!*

— *Agora?*

— *Sim. Agora!*

— *Você está muito desencadeada, Hanifa. Não sabe o que está dizer.*

— *Recusa-me, marido? Não quer fazer um agorinha comigo?*

— *Você sabe que não podemos. Estamos de luto, a aldeia vai ficar suja.*

— *É isso que eu quero: sujar a aldeia, sujar o mundo.*

— *Hanifa, escute bem: o tempo vai passar, a gente vai esquecer. As pessoas esquecem até que estão vivas.*

— *Há muito que eu não vivo. Agora, já deixei de ser pessoa.*

Meu pai olhou-a, desconhecendo-a. A mulher nunca falara assim. Aliás, ela quase não falava. Sempre fora contida, guardada em sombra. Depois de morrerem as gémeas, ela deixou de pronunciar palavra. De tal modo que o marido, de vez em quando, lhe perguntava:

— *Você está viva, Hanifa Assulua?*

Não era, porém, a fala que era pouca. A vida, para ela, tornara-se um idioma estrangeiro. Mais uma vez, a esposa se preparava para essa ausência, pensou Genito, sem reparar que, no escuro, Hanifa se estava despindo. Já nua, ela o abraçou por trás e Genito Mpepe deixou-se sucumbir perante aquele aconchego de serpente. Parecia rendido quando, de supetão, sacudiu a mulher e se retirou com passo estugado para o pátio exterior. E logo desapareceu no escuro.

No côncavo do quarto, minha mãe se entregou a ousadas carícias como se o seu homem realmente lhe comparecesse. Desta feita, ela comandava, galopando na sua própria garupa, dançando sobre o fogo. Suava e gemia:

— *Não pare, Genito! Não pare!*

Foi então que sentiu o cheiro do suor. Ácido e intenso, como o dos bichos. Depois, escutou o ronco. A minha mãe ocorreu, então, que por cima dela não estava o seu homem, mas um bicho dos matos, sequioso de seu sangue. Durante o ato amoroso, Genito Mpepe se convertera numa fera que literalmente a devorava. Dissolvida na avidez do outro, ela permanecia paralisada, à mercê dos seus felinos apetites.

Estou louca, pensou, enquanto fechava os olhos e inspirava fundo. Quando, porém, sentiu a garra rasgar--lhe o pescoço, Hanifa gritou a tais plenos pulmões que ela, por um instante, desconheceu se era de dor ou prazer. Meu pai acudiu, sem suspeitar do que se passava. A esposa cruzou a porta em sentido inverso e Genito foi incapaz de evitar que ela, em desatinada correria, desembocasse no pátio.

Se fosse dona da sua vontade, a nossa mãe teria fugido para longe, numa correria sem fim. Mas Kulumani era um lugar fechado, cercado pela geografia e atrofiado pelo medo. Uma vez mais, Hanifa Assulua estancou à entrada do quintal, junto à vedação das espinhosas que nos protegiam do mato. Levou as mãos à cabeça, desceu-as pelo rosto, como se afastasse uma teia de aranha:

— *Matei este lugar! Matei Kulumani!*

Eis o que a aldeia iria dizer: que a mulher de Genito Serafim Mpepe não deixara o chão esfriar. Sexo em dia de luto, quando a aldeia estava ainda quente: não havia pior contaminação. Ao fazer amor naquele dia — e mais ainda ao fazer amor consigo mesma — Hanifa Assulua ofendera todos os nossos antepassados.

Regressada ao seu leito, a minha pobre mãe carregou a noite às costas, vogando entre sono e vigília. Já madrugada, sentiu os sonolentos passos de Genito Mpepe.

— *Levantou-se cedo, marido?*

Todas as madrugadas a nossa mãe se antecipava ao Sol: colhia lenha, buscava água, acendia o fogo, preparava o comer, laborava na machamba, avivava o barro, tudo isso ela fazia sozinha. Agora, sem razão aparente, o marido dividia com ela o peso da realidade?

— *Tenho uma notícia* — anunciou, grave, Genito Mpepe.

— *Notícia? Você sabe,* ntwangu: *em Kulumani toda a notícia é um piar de mocho.*

— *Vão chegar pessoas. Pessoas de fora.*

— *Pessoas? Pessoas de verdade?*

— *Vêm da capital.*

Minha mãe ficou calada, a fazer contas ao espanto. O marido inventava. Havia séculos que ali não chegavam nem notícias nem estranhos...

— *Há quanto tempo você sabe dessa novidade?*

— *Uns dias.*

— *Sabe que é pecado.*

— *O quê?*

— *É perigoso saber notícias, é pecado espalhar novidades. Acha que Deus nos vai perdoar?*

Sem esperar resposta, Hanifa agitou os braços, como se repelisse fantasmas, enredando-se nas folhagens que a emolduravam. Levou a mão ao ombro e confirmou o escorrer do sangue.

— *O que foi isto, ntwangu? Quem me arranhou?*

— *Ninguém. Os espinhos, foram os espinhos da acácia. Tenho que capar essa árvore.*

— *Não foi a árvore. Alguém me arranhou. Veja o meu ombro: são unhadas, alguém me esgatanhou.*

E discutiram. Mas ambos estavam certos. Na aldeia, até as plantas tinham garras. Tudo o que é vivo, em Kulumani, está treinado para morder. As aves abocanham o céu, os ramos rasgam as nuvens, a chuva morde a terra, os mortos usam os dentes para se vingarem do destino. Esgazeados, os olhos de Hanifa patrulharam o bosque. Um medo de gazela se espelhou no rosto.

— *Há alguém no escuro, ntwangu.*

— *Acalme-se, mulher.*

— *Há alguém a escutar-nos. Vamos para dentro de casa.*

As primeiras luzes do dia começavam a despertar: não tardava que se pudesse circular dentro de casa sem ajuda da lamparina. Por cima do armário, o candeeiro a petróleo, o xipefo, ainda tremeluzia. De repente, Hanifa voltou a sentir a doce ilusão de ter uma lua na cozinha. Já que não lhe coubera o sol, restava-lhe um teto enluarado. Ganhou confiança e pensou em desafiar o marido, proclamando alto e bom som:

— *Não quero mais aqui nenhum dos seus familiares. Correm hoje para as condolências. Amanhã, quando eu ficar viúva, correrão mais depressa para me roubarem tudo.*

Nada disse, porém. Ela já se considerava viúva.

Faltava apenas que Genito Mpepe se compenetrasse da sua própria ausência.

— *Marido: esses que vão chegar são mesmo pessoas?*

— *Sim, são.*

— *Tem a certeza?*

— *Pessoas autenticadas, pessoas de nascença. Entre elas vem um caçador.*

O balde que trazia na mão esquerda tombou, a água rolou pelo pátio. A vassoura na mão de Hanifa era agora uma espada repelindo demónios.

— *Um caçador?* — inquiriu, num sussurro.

— *É ele, é esse mesmo que você está a pensar: o caçador mulato.*

Num primeiro momento, a mulher permaneceu imóvel. De súbito, a decisão tomou conta dela: ajeitou os chinelos nos pés, cobriu a cabeça com um lenço e proclamou as despedidas.

— *Onde vai, mulher?*

— *Não sei, vou fazer o que você nunca fez. Vou para a estrada, vou embosca-lo, vou matar esse caçador. Esse homem não pode chegar a Kulumani.*

— *Não seja louca, mulher. Precisamos dele, precisamos que matem esses malditos leões.*

— *Você não entende,* ntwangu? *Esse homem vai levar-me Mariamar, vai levar a minha última filha para a cidade.*

— *Prefere que Mariamar seja morta por leões?*

A mulher não respondeu. Preferir não era um verbo feito para ela. Quem nunca aprendeu a querer como pode preferir?

— *Se não me deixar sair agora, marido, eu juro que vou fugir.*

O homem agarrou-a pelos pulsos e empurrou-a de encontro ao velho armário, derrubando a lamparina. Hanifa viu a sua pequena lua se desfazer em chamas azuladas, dispersas no chão da cozinha.

— *Eu preciso impedir esse mulato* — suspirou, vencida.

Decidi então intervir, em defesa de minha mãe. Ao me ver sair da penumbra, as fúrias redobraram em meu pai: ergueu o braço, pronto para impor o seu reinado.

— *Vai-me bater, pai?*

Ele fitou-me, perplexo: sempre que me assomam raivas, os meus olhos se clareiam, incandescentes. Genito Mpepe baixou o rosto, incapaz de me enfrentar.

— *Sabe quem chamou o caçador?* — perguntei.

— *Toda a gente sabe: foram os do projeto, esses da empresa* — respondeu meu pai.

— *Mentira. Quem chamou o caçador foram os leões. E sabe quem chamou os leões?*

— *Não vou responder.*

— *Fui eu. Fui eu que chamei os leões.*

— *Vou dizer-lhe uma coisa, escute bem* — declarou, zangado, nosso pai. — *Não olhe para mim enquanto falo. Ou já perdeu o respeito?*

Baixei os olhos, como fazem as mulheres de Kulumani. E voltei a ser filha enquanto Genito reganhava a autoridade que, por momentos, lhe havia escapado.

— *Quero-a aqui fechada quando chegar esse caçador. Está a ouvir?*

— *Sim.*

— *Enquanto essa gente estiver em Kulumani, você nem desponta o nariz fora de casa.*

O silêncio se reinstalou no quarto. Eu e a mãe sentámo-nos no chão como se fosse o último lugar no mundo. Toquei o seu ombro num esboçado gesto de conforto. Ela desviou-se. Num instante, estava refeita a ordem do universo: nós, mulheres, no chão; o nosso pai passeando-se dentro e fora da cozinha, a exibir posse da casa inteira. De novo nos regíamos por essas leis que nem Deus ensina nem o Homem explica. De repente, Genito Mpepe parou no meio do recinto, abriu os braços e proclamou:

— *Eu sei qual é a solução: deixamos esse mulato entrar, deixamos que ele mate os leões. Mas, depois, não o deixamos sair.*

— *Vai matá-lo?* — perguntei, a medo.

— *Sou pessoa de matar gente? Quem o vai matar é você.*

— *Eu?*

— *Quem o vai matar são os leões que você chamou.*

Diário do caçador
(1)

O anúncio

Só há um modo de escapar de um lugar: é sairmos de nós.
Só há um modo de sairmos de nós: é amarmos alguém.

Excerto roubado aos cadernos do escritor

São duas da manhã e o sono não me chega. Daqui a algumas horas anunciam o resultado do concurso. Saberei então se fui selecionado para dar caça aos leões de Kulumani. Nunca pensei que essa escolha me alvoroçasse tanto. Preciso tanto de dormir! Não é descanso que procuro. Quero, sim, ausentar-me de mim. Dormir para não existir.

É quase manhã e eu ainda brigo com os lençóis. Não tenho outra doença: a insónia intercalada por sonos breves e estremunhados. Afinal, durmo como os bichos que persigo por profissão: a salteada vigília de quem sabe que demasiada ausência pode ser fatal.

Para chamar o sono, recorro ao mesmo expediente que a minha mãe usava para nos adormecer. Recordo a sua historieta preferida, uma lenda da sua terra natal. Era assim que ela contava:

Antigamente, não havia senão noite. E Deus pastoreava as estrelas no céu. Quando lhes dava mais alimento elas engordavam e a sua pança abarrotava de luz. Nesse tempo, todas as estrelas comiam, todas luziam de igual alegria. Os dias ainda não haviam nascido e, por isso, o Tempo caminhava com uma perna só. E tudo era tão lento no infinito firmamento! Até que, no rebanho do pastor, nasceu uma estrela com ganância de ser maior que todas as outras. Essa estrela chamava-se Sol e cedo se apropriou dos pastos celestiais, expulsando para longe as outras estrelas que começaram a definhar. Pela primeira vez houve estrelas que penaram e, magrinhas, foram engolidas pelo escuro. Mais e mais o Sol ostentava grandeza, vaidoso dos seus domínios e do seu nome tão masculino. Ele, então, se intitulou patrão de todos os astros, assumindo arrogâncias de centro do Universo. Não tardou a proclamar que ele é que tinha criado Deus. O que sucedeu, na verdade, é que, com o Sol, assim soberano e imenso, tinha nascido o Dia. A Noite só se atrevia a aproximar-se quando o Sol, já cansado, se ia deitar. Com o Dia, os homens esqueceram-se dos tempos infinitos em que todas as estrelas brilhavam de igual felicidade. E esqueceram a lição da Noite que sempre tinha sido rainha sem nunca ter que reinar.

Esta era a lenda. Quarenta anos mais tarde esse embalo materno não produz efeito. Não tardo a saber se volto para o mato, onde os homens esqueceram todas as lições. Será a minha última caçada. E, de novo, ecoa em mim a primeira de todas as vozes: «*E tudo era tão lento no infinito firmamento!*».

✳ ✳ ✳

Manhã cedo, maldormido, preparo-me para me deslocar à sede do jornal, a dois quarteirões de minha casa. Antes de sair, porém, retiro do armário a minha velha espingarda. Coloco-a sobre as pernas e as minhas mãos tateiam-na com o carinho de um violinista. O meu nome está gravado na culatra: *Arcanjo Baleiro — caçador*. O meu velho pai deve estar orgulhoso de como, em mim, se prolongou a velha tradição da família. Foi essa tradição que nos afeiçoou o nome: nós somos os das balas, os Baleiros.

✳ ✳ ✳

Sou caçador, sei o que é perseguir uma presa. Toda a minha vida, porém, fui eu o perseguido. Um tiro de espingarda persegue-me desde a infância. Esse disparo me atirou, há quarenta anos, definitivamente, para fora do sono. Eu era menino e dormia com essa competência que só as crianças alcançam. A detonação rasgou a noite e o mundo. Não sei como, na altura, percorri o longo corredor: os meus pequenos pés estavam grudados ao pavimento. Na sala, encontrei o meu pai com o peito desfeito, os braços esgravatando por entre um mar de sangue, como se nadasse para uma margem que só ele visse. No meio desse desabar de mundo, o meu irmão

31

Rolando permanecia sentado no seu quarto, a arma pousada no colo.

— *Não me toques* — ordenou, com estranha tranquilidade. — *Nunca mais toques em mim. Vais-te queimar.*

Guardou-se assim, imóvel, até que familiares e vizinhos invadiram a casa com seus espantos e gritos. Da janela, vi o meu irmão a ser levado pela polícia. Não havia dúvida: ele tinha disparado sobre o nosso pai, o reputado caçador Henrique Baleiro. Um acidente já previsto pela nossa mãe:

— *Armas de fogo em casa são causa de tragédia.*

Era assim que dizia Martina Baleiro. No dia em que meu pai morreu a nossa mãe já ali não estava para confirmar a sua premonição. Ela tinha morrido umas semanas antes. Uma estranha doença a consumiu num ápice. Apenas com dez anos — e num espaço de um mês — fiquei órfão de pai e mãe. E separaram de mim, para sempre, o meu mano Rolando. Por ser adolescente, foi-lhe poupada qualquer investigação policial. Estava a limpar a arma, conforme fazia regularmente por instrução paterna. Decidiram, antes, conduzi-lo para um hospital psiquiátrico. Dizem que nunca mais falou, nunca mais foi gente. Rolando era a bondade em pessoa: a sua alma sucumbiu, devorada pela má consciência. No céu noturno da lenda da nossa mãe, o meu irmão juntava-se às estrelas engolidas pelo escuro.

✳ ✳ ✳

Meu pai era um homem que enchia o mundo, o pé dele entrava em casa e sentíamos o balanço do seu peso como se, de repente, estivéssemos num pequeno barco. O que ele fazia era bem mais que um ofício: o nosso pai, o conceituado Henrique Baleiro, era um requisitado caçador e as suas ausências enchiam a casa de suspiros e mistérios. Homem alto e austero, era pouco dado a conversa. Se tivesse crescido apenas com ele, talvez nunca tivesse aprendido a falar. A mãe aligeirava esse lado arredio do nosso pai: ele era um emigrante das montanhas de Manica, onde crescera entre escarpas e penedias. Dele escutávamos a repetida saudade:

— *Lá onde nasci há mais terra que céu.*

Talvez por ser de outra tribo, Henrique Baleiro escolheu uma mulata como esposa. Na altura, não era usual um negro casar com alguém de outra raça. O casamento tornou-o ainda mais solitário, arredado pelos negros e excluído por mulatos e brancos. Na verdade, só entendi o meu velhote quando eu mesmo me converti num caçador. O meu pai estranhava o próprio mundo.

* * *

A rececionista do jornal é uma mulher gorda, arrastada na voz e nos gestos. Parece ter nascido assim, sentada, o traseiro semelhando um astro em competição com a Terra.

— *Venho saber do resultado do concurso.*

Agito o recorte do anúncio frente à vidraça. A voz aflautada da rececionista foi feita para se esgueirar pelas frestas do vidro quebrado:

— *O senhor é o próprio caçador?*

33

— *Eu sou o último caçador. E esta é a minha última caçada.*

A funcionária olha o teto como um astrónomo contempla o céu ao meio-dia. Abre à minha frente um envelope enquanto volto a falar, eufórico, certamente para adiar o momento da revelação:

— *Não sei por que publicaram o anúncio. Já não há mais caçadores. Há quem ande por aí aos tiros. Esses não são caçadores. São matadores, todos eles. E eu sou o único caçador que resta.*

— *Arcanjo Baleiro? É esse o seu nome?*

Sou o único que resta, repito sem responder à pergunta. E prossigo o meu delirante discurso. Não tarda, afirmo, que não sobrem animais. Porque esses falsos caçadores não poupam nem crias nem fêmeas grávidas, não respeitam os períodos de defeso, invadem os parques e as reservas. Gente poderosa fornece-lhes as armas e tudo, para esses matadores, se resume à sagrada trilogia: arma, dinheiro, poder.

— *É tudo carne, é tudo* nhama — suspiro, em desânimo.

Só então regresso aos olhos mortiços da mulher gorda que aguarda o final do meu arrazoado.

— *O seu nome é Arcanjo Baleiro? Pois o senhor vai poder caçar à vontade, foi você que ganhou o concurso.*

— *Posso entrar no seu gabinete? Quero dar-lhe um beijo.*

Com inesperada ligeireza, a mulher ergue-se sobre o balcão e espera de olhos fechados, como se o meu beijo fosse o único prémio de toda a sua vida.

✳✳✳

Apressadamente me afasto do jornal, esgueirando-me por entre uma multidão de vendedores ambulantes. Vou visitar o meu irmão Rolando, no Hospital Psiquiátrico do Infulene. Ele está hospitalizado desde o acidente em que o nosso pai perdeu a vida. Há um ano que deixei de o visitar. Agora, anseio por dar-lhe a notícia do concurso. Rolando merece ser o primeiro a saber. A bem dizer, não tenho mais ninguém com quem partilhar felicidades.

A viagem de autocarro é longa. O Hospital fica bem para além dos subúrbios de madeira e zinco. Cabeça encostada na vidraça, vejo passar multidões que se aglomeram nas ruas e nos passeios. Há chão para tanta gente? E escuto o lamento saudoso do meu velhote: *Lá onde nasci há mais terra que céu!* Fecho os olhos e, por um momento, faço de conta que venho de outro lugar, cheio de terra e céu.

Às vezes interrogo-me se não devia também estar internado. A namorada do meu irmão, que se chama Luzilia e é enfermeira, está certa da minha loucura. Talvez tenha enlouquecido, não discuto. Mas pergunto: pode ter juízo quem já não tem vida? Para dizer a verdade, foi ela, essa Luzilia, que me afastou da minha própria alma. É por causa dela que escrevo este diário, na vã esperança de que, um dia, essa mulher leia os meus atabalhoados manuscritos. E não é a primeira vez que embelezo letra para Luzilia. Já antes lhe tinha escrito umas breves mas fatais linhas. O que escrevi, na altura, era um convite. O que rabisco agora é uma despedida. Um falso adeus, como tudo no caçador, é inventada

35

ilusão. Onde, nos outros, há lembranças, em mim apenas há mentiras e miragens.

✲ ✲ ✲

Luzilia tem razão: a minha loucura começou no dia em que um tiro rasgou o meu sono e descobri meu pai, na sala, esgravatando no seu próprio sangue. Antes de ficar órfão, tudo em mim estava intacto: a casa, o tempo, o céu onde me diziam que a minha mãe andava guardando as estrelas. De repente, porém, olhei a Vida e assustei-me: era tão infinita e eu tão pequeno e tão só. Subitamente, pisei a Terra e encolhi-me: tão poucos eram os meus pés. De repente, não havia senão o passado: a morte era uma lagoa mais escura e mais lenta que o firmamento. A mãe estava na outra margem, escrevendo cartas, e o meu pai nadava sem nunca atravessar o infinito lago.

✲ ✲ ✲

Nada mudou no velho Hospital. Quem vem ter comigo à grande sala de espera é Luzilia. Continua bela, olhar sedutor, o mesmo tique da língua humedecendo os lábios. Luzilia foi enfermeira naquele hospital, nada naquele lugar lhe é estranho.
— *Estiveste fora tanto tempo...*
— *Ando por aí, ocupado* — menti.
— *Eu e o teu irmão casámos.*
Finjo-me feliz. Luzilia fala e a sua voz vai ficando distante. Explica-me que Rolando teve alta na véspera

36

do casamento e que ainda tentaram viver na sua casa. Mas não resultou. Rolando não sabia existir senão na doença. E voltou a ser hospitalizado.

* * *

Aos poucos deixo de escutar a minha recente parente. Talvez eu não saiba ser cunhado de quem eu queria como amante. Distancio-me do presente, retrocedo aos eventos de há um ano atrás. Foi naquele mesmo recinto que confessei a Luzilia a grande paixão que nutria por ela. Era uma tarde vazia, dessas que se arrasta como contagiosa doença. Sem olhar o seu rosto, inspirei fundo e declarei-me à amedrontada Luzilia. Como ela nada dissesse, prossegui:

— *Há uma coisa que devo dizer, Luzilia: sempre que aqui venho, a este hospital, é a ti que venho visitar.*

— *Não é verdade. E o teu irmão?*

— *É por ti que venho.*

Foi então que lhe entreguei a carta. Os seus pequenos dedos mantiveram-se imóveis, demorando a leitura. A sua mão ponderava. Depois, leu a meia-voz:

Desde que te amo, o mundo inteiro te pertence. Por isso, nunca cheguei a dar-te nada. Apenas devolvi. Não espero retribuição. Esta mensagem, contudo, pede uma resposta. À velha maneira: se gostas de mim, se me correspondes, dobra o canto desta carta e devolve-me amanhã.

No dia seguinte, Luzilia não fez menção ao assunto. Não trouxe carta, não houve palavra. Ela não podia imaginar quanto me magoava aquela indiferença. Devia ter-me contido, mas não fui capaz:

— *Não há dobra na carta?*

Ela negou com a cabeça. Escondi a mágoa da rejeição. Como há espaço, dentro de nós, para enterrarmos as nossas pequenas mortes! Percorremos os corredores, lado a lado, num silêncio tão frio como o próprio asilo. À saída, Luzilia pediu-me:

— *Não deixes de vir ao hospital, por favor. O teu irmão não tem mais ninguém.*

— *Tens que deitar fora a minha carta.*

— *É o que farei.*

— *Foi uma grande asneira ter confessado o meu sentimento. Não o devia ter feito. Agora, devolve-me a carta.*

— *É minha. Não sou eu a dona de tudo?*

Um ano depois, Luzilia caminha à minha frente, confirmando o seu estatuto de dona da minha alma, proprietária do mundo.

∗∗∗

O meu irmão Rolando está sentado na varanda da enfermaria olhando, como sempre, as suas próprias mãos imóveis. E é como se não tivesse passado o tempo: ali está ele, na mesma rendição perante o destino.

— *Amanhã vou partir para o mato* — anuncio.

Nada nele se altera. Continua olhando as mãos como se estivessem mortas.

— *Vai ser a minha última caçada* — acrescento.

Nesse instante, todo o seu corpo se agita, em abrupto frenesim. Subitamente, o meu irmão emerge da sua longa letargia. Com desespero de afogado sustenta-se no braço de Luzilia para se aproximar de mim. Parece falar, mas não pronuncia palavra, apenas emite uma espécie de aflitos suspiros, como se engolisse o ar em porções maiores que o peito. A mulher entende o que ele quer dizer, vai anuindo com a cabeça. Entendem-se. Depois, ele volta à sua antiga cadeira, afundando-se em si mesmo. Não havendo mais que possa ser dito, Luzilia acompanha-me até ao portão. Sou eu que rompo um embaraçoso silêncio.

— *O que disse Rolando?*

— *Pediu-me que eu fosse contigo nessa caçada.*

— *Não é verdade!?*

De olhos baixos, Luzilia faz um gesto vago, como se tudo aquilo fosse um pesadelo.

— *Ele sabe de alguma coisa?* — perguntei.

— *Que coisa?*

— *Do que eu sinto por ti.*

— *Há muito que ele sabe. Rolando leu a tua carta para mim. Encontrou-a na minha mala.*

— *Como foi possível?*

— *Nunca a deitei fora.*

Rolando suspeitava: a minha última caçada era um adeus à vida. Mesmo voltando à cidade, são e salvo, eu nunca mais regressaria a mim mesmo. A loucura não era uma simples enfermidade, mas uma condenação de família. E só a caça me salvava desse doentio destino.

Foi esse o receio que Rolando confessou a Luzilia. Em desespero, o meu irmão entregava-me uma razão para eu continuar apegado à vida. Essa razão era a única mulher que ele alguma vez tinha amado. Virei costas, apressando-me a afastar daquele lugar, quando Luzilia me fez parar:

— *Arcanjo? Não queres saber o que me apetece fazer?*

— *Não. Agora já não interessa. Simplesmente não quero que venhas. O teu lugar é aqui, ao lado de Rolando. Não foi o que escolheste?*

Versão de Mariamar
(2)

O regresso do rio

O verdadeiro nome da mulher é «Sim». Alguém manda: «não vais». E ela diz: «eu fico». Alguém ordena: «não fales». E ela permanecerá calada. Alguém comanda: «não faças». E ela responde: «eu renuncio».

Provérbio do Senegal

Na noite anterior, em nossa casa a ordem tinha sido ditada: as mulheres permaneceriam enclausuradas, longe dos que iriam chegar. Mais uma vez nós éramos excluídas, apartadas, apagadas.

Na manhã seguinte, adiantei-me nos trabalhos caseiros. Queria poupar minha mãe que, desde cedo, se prostrara à entrada do pátio. A um certo momento, derramei-me a seu lado, decidida a repartir com ela o peso de quem sente a alma. Ignorou-me, no início. Depois, resmungou, entredentes:

— *Esta aldeia matou a sua irmã. Matou-me a mim. Agora, nunca mais mata ninguém.*

— *Por favor, mãe. Acabámos de enterrar uma de nós.*

— *Nós todas, mulheres, há muito que fomos enterradas. Seu pai me enterrou; sua avó, sua bisavó, todas foram sepultadas vivas.*

Hanifa Assulua tinha razão: talvez eu, sem saber, já estivesse enterrada. De tanto desconhecer o amor, eu estava sepultada. A nossa aldeia era um cemitério vivo, visitado apenas pelos seus próprios moradores. Olhei o casario que se estendia pelo vale. As casas descoloridas, tristonhas, como que arrependidas de terem emergido do chão. Pobre Kulumani que nunca desejou ser aldeia. Pobre de mim que nunca desejei ser nada.

Vezes sem conta a nossa mãe tinha suplicado que fôssemos para a cidade.

— *Peço, marido, por tudo o que há no sagrado: vamos embora.*

— *Você quer, você vai.*

— *Deixaremos alguém tratando das campas.*

— *É o contrário, mulher: se formos, as campas é que deixarão de tratar de nós.*

✶ ✶ ✶

Sacudi lembranças. De que valia apurar, agora, esses azedos antigos? Se estivéssemos apegados ao passado, como poderia Silência, ainda falecente, chorar em nossos olhos?

— *O pai queixa-se de que, ontem, a mãe desafiou os mandamentos do luto. É verdade que ofendeu os espíritos?*

— *Dou-lhe um conselho, minha filha: quando fizer amor, faça dentro do rio, dentro da água, como os peixes.*

— *Por amor de Deus: isso não é conversa de uma mãe!*

— *Pois lhe digo: fazer amor na água é melhor do que na cama.*

— *Como sabe?*

— *Eu vejo a vizinha.*

— *A vizinha? Não pode, ela é totalmente viúva.*

Sorriu, com malícia, e confessou: escondida na margem, ela espreitava a vizinha a banhar-se sozinha. As mãos dessa mulher, aos poucos, se convertiam nas mãos de outras criaturas e semeavam em seu corpo arrepios nunca antes sentidos.

— *A vizinha me ensinou uma vingança contra os homens...*

Entendia eu o que aquela confissão escondia? A vizinha só fazia amor com os mortos. Era isso que Hanifa me estava dizendo. Gerações e gerações de falecidos desfilaram pelos braços da nossa vizinha. Gente de longe, gente de raça, gente que nunca foi gente: todos se acenderam no seu líquido leito. De todos esses amores, cada um por si escolhido, aquela mulher só colhia vantagens: não havia doença, não havia traição, não havia risco de engravidar. Restavam simples lembranças, sem cinza nem semente. Apenas longe dos vivos, as mulheres de Kulumani encontram correspondidos amores: era isso que minha mãe me ensinava.

— *A ordem do seu pai está certa. A partir de hoje, você não sai de casa.*

Que aquela reclusão fosse vontade de meu pai, isso em nada me surpreendia. Estranhei, sim, o modo entusiástico com que minha mãe apoiava agora a decisão do marido.

— *É isso mesmo, Mariamar: vai ficar aqui, bem trancada!*

Depois, pensei: talvez não fosse tão desconcertante

esse empenho em me afastar de quem chegava. A mãe desconhecia o amor. Vantagem tinha a vizinha: no leito do rio, ela amara e fora amada. Em contrapartida, Hanifa Assulua receava a estrada, a viagem, a cidade. Não era a minha saída que a afligia. Era o despeito de ninguém a querer levar a ela. Outras mães, em outros lugares, teriam desejado que as filhas florescessem pelo mundo. A minha família, porém, fora contaminada pela mesquinhez que dominava a nossa aldeia.

Quem viesse de fora, como esses que estavam chegando agora, acreditaria que os habitantes da aldeia são puros e bons. Puro engano. Os de Kulumani são hospitaleiros para quem é longínquo e estranho. Mas entre eles reina a inveja e a maledicência. Por isso o nosso avô sempre relembrava:

— *Nem precisamos de inimigos. Sempre nos bastámos a nós mesmos para nos derrotarmos.*

* * *

Quanto mais vazia a vida, mais ela é habitada por aqueles que já foram: os exilados, os loucos, os falecidos. Em Kulumani, todos idolatramos os nossos mortos, todos guardamos neles as raízes dos sonhos. O meu morto maior é Adjiru Kapitamoro. Em rigor, ele é o irmão mais velho de minha mãe. Na nossa terra, designamos de «avô» todos os tios maternos. Adjiru é, aliás, o único avô que conheci. Chamamo-lo, em casa, de *anakulu*, «o nosso mais antigo». Ninguém soube nunca a sua idade, nem ele mesmo tinha ideia de quando nascera. A verdade é que se proclamava tão perene que atribuía a si próprio a autoria do rio que atravessa a aldeia.

— *Fui eu que fiz este rio, o Lundi Lideia* — defendia, com altivez.

Era longa a lista das suas fabulosas fabricações: para além do rio, o avô já confecionara penedos, abismos e chuvas. Tudo graças às poderosas *mintela*, as mezinhas e os amuletos dos feiticeiros. Contudo, ele negava o grave estatuto:

— *Não sou feiticeiro, sou apenas velho.*

No tempo colonial, o seu pai, o venerado Muarimi, exerceu funções de capitão-mor. Cobrava impostos e resolvia conflitos locais a favor dos colonos. Esse cargo custou a meu bisavô culpas, invejas e duradouras inimizades. A nossa família, contudo, ganhou o nome que agora ostenta: os Kapitamoros. Numa terra sem bandeira, nós erguíamos essa emprestada insígnia como se fosse um direito natural e milenar.

Ao arrepio da tradição familiar, o avô Adjiru se entregou a uma distinta ocupação: a caça. Era isso que ele era, por vocação e juramento: um caçador. *A arma é a minha alma,* dizia. Por acidente matou um homem, no cerco a um leopardo, para os lados de Quionga. Para se purificar desse sangue teria que se esfregar em cinzas de árvores. Recusou o ritual: para ele, um assimilado, aquilo era uma insuportável humilhação. Ficou interdito de caçar, limitando-se a atuar como pisteiro. Com a dignidade de um rei, aceitou essa despromoção. Até ao dia em que morreu, não perdeu o porte nobre. Exercendo serviços de chão, continuou sendo ele a derramar sombra em todo Kulumani. E agora, que a aldeia estremecia perante a ameaça dos leões, todos sentiam saudade dessa divina proteção.

Meu pai, Genito Serafim Mpepe, podia também ter sido caçador, por pleno direito. Preferiu, contudo, ficar por pisteiro, em solidariedade para com o seu falecido mentor. Despromovido um, despromovido o outro. Em tudo, afinal, Genito ambicionava seguir as passadas do destronado caçador. Todavia, o estatuto do avô era inalcançável. Adjiru fora mais que um *mweniekaya*, um chefe de família. A sua autoridade sempre se estendeu a toda a vizinhança. Era um mando silencioso, sem proclamação, de quem exerce grandeza sem precisar de palavra. Mas eu, Mariamar, era para ele uma pessoa especial. Para mim, o nosso «mais antigo» reservara o mais enigmático presságio:

— *Você, Mariamar, veio do rio. E ainda há de surpreender a todos: um dia, você irá para onde o rio vai* — vaticinou ele.

***

Sou mulher, o meu destino nunca poderia ser a viagem. Contudo, Adjiru Kapitamoro estava certo. Porque passaram apenas dois dias do enterro de Silência e eu sigo em viagem de almadia, correnteza abaixo. Fujo da ordem de prisão do meu congénito carcereiro, Genito Mpepe. Para escapar de Kulumani não há estrada, não há mato. Na estrada está o meu pai. No mato estão os leões matadores. Toda a saída é uma emboscada. O único caminho que me resta é o rio. Este fio de água foi batizado de Lideia, que é o nome das rolas que nos visitam na estação das chuvas. Passaria bem como um riacho anónimo, mas nós temíamos que, caso permanecesse inominado, ele se extinguiria para sempre. Quem lhe deu nome, dizem, foi o avô Adjiru Kapitamoro. E nós fingíamos acreditar.

Assim, vamos agora seguindo ambos: o rio Lideia com o seu nome de ave; e eu, Mariamar, com o nome de água. Viajo contra o destino, mas a favor da corrente. Durante todo o tempo a canoa vai simulando obediência. Quem a conduz não são os meus braços. São forças que prefiro desconhecer. Novembro é o mês das rezas para que a chuva desça. E eu rezo por uma terra onde me possa deitar como a chuva, sem peso e sem corpo.

Dizem que este rio, mais longe, atravessa a cidade. Duvido. Este meu rio que nem português fala, este rio repleto de peixes que só conhecem os seus nomes em shimakonde, não acredito que deixem entrar este rio na cidade. Também a mim me interditarão passagem, se algum dia bater à porta da capital.

Obedeça a tudo, menos ao amor, assim me dizia Silência, a minha pobre irmã. São razões de amor que me fazem sair de Kulumani, distanciando-me de mim, dos temores presentes, dos futuros pesadelos. Não é tanto a vontade de romper amarras que me conduz à desobediência. O motivo maior é outro: cometo esta loucura por causa da anunciada chegada dos visitantes. Por causa de um deles, afinal: Arcanjo Baleiro, o caçador. Esse homem, em tempos, caçou-me a mim. Desde então nunca mais tive sossego. Fugir de um amor é o modo mais total de lhe obedecer. Quanto mais senhora de mim, mais escrava desse amor. Não há, neste mundo, rio que me liberte dessa armadilha.

✳ ✳ ✳

Arcanjo Baleiro aconteceu-me há dezasseis anos. Eu tinha igualmente dezasseis anos quando ele se cruzou comigo. Não passava de uma menina, mas os meus sonhos tinham envelhecido, mais do que o meu corpo. O único fito que me restava era ficar longe de Kulumani. Nas tardes de domingo assaltava a capoeira da Missão Católica para vender galinhas na berma da estrada. A minha intenção era amealhar uns dinheiros para fugir para a cidade. Todavia, a estrada estava quase deserta, com raríssimos viajantes. A guerra acabara nesse mesmo ano de 1992, mas restava ainda um invisível garrote asfixiando o nosso lugar.

Nunca entendi por que motivo tantos vendedores se aglomeravam junto à estrada morta. Talvez fosse uma espécie de reza, uma forma de nos ajoelharmos perante o destino. Ou talvez fosse porque ocasionalmente por ali já despontassem camiões de madeireiros furtivos. Aqueles negócios eram propriedade de gente poderosa, a quem chamamos de «donos da terra». Passasse quem passasse, eu levantava os galináceos no ar e as asas agitavam-se num voo breve e cego. Nunca ninguém parou, nunca ninguém comprou. Com um estúpido cacarejo, as aves voltavam a pender da minha mão, como se lhes pesasse o arremesso de pássaro que, por instantes, elas tinham ousado.

Certa vez, o polícia Maliqueto Próprio — o único agente da ordem em Kulumani — aproximou-se, todo investido de importâncias, e me abordou querendo saber da proveniência das mercadorias. Apontou as galinhas, como prova de crime. Que as tinha roubado, acusou. E que o acompanhasse, ordenou.

— *Para a esquadra?* — perguntei, estremecendo.

— *Bem sabe que não há esquadra em Kulumani. Eu tenho os meus próprios calabouços.*

Os abusos de Maliqueto eram por demais conhecidos. Naquele momento o seu turvo olhar apenas confirmava as suas malévolas intenções. A luz faltou-me, as pernas fraquejaram-me. O cano da espingarda encostada nas minhas costas não me autorizava demoras.

— *Por favor, não me faça mal.*

Foi então que surgiu Arcanjo Baleiro, como um cavaleiro nascido do nada. Parou à minha frente, montado numa motocicleta, imperador soberbo e soberano mandador do mundo. O polícia enfrentou o intruso, medindo-o dos pés à cabeça. Após um ponderado silêncio, decidiu retirar-se. Não sei se o caçador entendeu a oportunidade da sua aparição, mas ele sorria quando me interpelou:

— *Posso levar uma galinha?*

Era a mim que eu queria que ele levasse. O homem fitou-me, com aparente surpresa. De súbito, senti o peso da vergonha: nunca antes tinha sido olhada. Era como se o meu corpo, naquele momento, nascesse finalmente em mim.

— *Esses olhos* — suspirou ele. — *Ai, esses olhos!*

O meu rosto se abateu e me vi suspensa, ave sem voo e sem voz.

— *Esse corpo fica-lhe muito bem* — murmurou o visitante.

A fala dele despia-me o corpo e a alma. Para escapar daquela tontura, retirei-me para uma sombra junto ao rio. O homem seguiu-me, empurrando a motorizada.

— *Quer vir comigo a Palma?*

— *À vila? Não posso.*

— *Levo-a e trago-a na moto. Vamos por um atalho junto ao rio, ninguém nos vai ver.*

— *Não posso, já disse.*

— *Vamos assistir televisão, não quer?*

Olhei, devagar, a paisagem em redor. Como era grande, infinitamente grande o mundo! O universo era imenso e o visitante esperava uma resposta. Tantas coisas me passaram pela cabeça! Me ocorreu, por exemplo, pedir ao caçador que, se ele tinha uma motorizada, que ajudasse a minha mãe a carregar água. Que ajudasse as mulheres de Kulumani a buscar lenha, a coletar barro, a transportar as colheitas das machambas. E, sobretudo, que não me pedisse nada a mim.

Em silêncio, demorei o olhar sobre as águas do Lideia. Cansado de esperar, Arcanjo perguntou pelo nome daquele rio. Que ele vinha ali caçar um feroz crocodilo que andava a semear o terror. Não faria isso sem saber como se chamava o rio.

Suspirei. O visitante não queria saber do meu nome. Apenas a paisagem o parecia interessar.

— *Lundi Lideia, nome completo* — respondi, displicente. — *Mas tratamo-lo simplesmente por Lideia.*

— *E o que significa?*

— *Lideia é o nome que damos a uma espécie de rola.*

— *Uma rola?* — interrogou-se Arcanjo. Depois riu-se, achando graça a algo que me escapava. — *Está certo, há rios que nos fazem voar.*

Foi assim que falou o caçador. Despedimo-nos olhando o rio, esse mesmo rio que me serve agora de caminho para me afastar de Kulumani, escapar da família e sair da minha própria vida.

Quando, ainda madrugada, me lancei nesta viagem o meu propósito era avisar o caçador da emboscada que contra ele se preparava. O meu plano era simples: saltaria da canoa junto à ponte, correria para a estrada e ali faria espera aos visitantes. Há dezasseis anos, Arcanjo me salvara da ameaça do abusador polícia. Desta feita, seria eu a salvá-lo a ele. E já me via, no meio da estrada, agitando os braços como incansáveis bandeiras. Quem sabe o caçador me abraçaria e me ergueria pelos céus num estonteante voo?

À medida que vou descendo o rio, porém, um outro sentimento vai tomando conta de mim. Eu não vou ao encontro do caçador. Antes estou fugindo dele. Por que razão escapo do único ser que me terá amado?

Não sei responder. A minha mãe costuma dizer que a água arredonda as pedras como a mulher molda a alma dos homens. Podia ter sido assim comigo. Não foi. Não houve nem amor, nem homem, nem alma. O que sucedeu é que, com o tempo, deixei de ter esperas. E quem deixa de ter esperas é porque já deixou de viver. E é por isso que fujo: tenho medo de ser devorada. Não pela ansiedade que mora dentro de mim. Devorada pelo vazio de não amar. Devorada pelo desejo de ser amada.

* * *

A canoa chega, enfim, a um remanso de fundos límpidos. Esse remanso é tido como um lugar sagrado, onde apenas os feiticeiros ousam chegar. Na aldeia se diz que é ali que a água faz o seu ninho. Os mais velhos chamam a este lugar de *Iyali wakati*, o «ovo do tempo». Aquele sossego de paraíso deveria sossegar-me, mas não. Porque me apercebo de que a canoa estancou e, por mais que me esforce, não saio do sítio. Não há corrente, não há remoinho. Mas a almadia está paralisada no leito do Lideia. Apenas se deve estar cumprindo a velha regra: toda a terra pequena tem braços grandes. Por muito que partamos, nunca dela saímos. *Maldita terra tão sem céu que até as nuvens é preciso desenterrar*, era assim que resmungava o avô Adjiru. É assim que amaldiçoo agora a minha terra natal.

Um tremor me sacode, o coração salta-me pela garganta quando, de pé sobre o fundo dançante da canoa, adivinho uma oculta presença na margem. Mesmo sendo mulher, herdei o instinto caçador que corre na nossa família. Sei de sombras que se movem entre sombras, sei de cheiros e sinais que mais ninguém sabe. E, agora, tenho a certeza: há um animal na margem! Há um furtivo bicho que se vai esgueirando por entre as folhagens da berma.

E, de súbito, ela ali está: a leoa! Vem beber naquela suave margem do rio. Contempla-me sem medo nem alvoroço. Como se há muito me esperasse, ergue a cabeça e crava-me fundo o seu inquisitivo olhar. Não há tensão no seu porte. Dir-se-ia que me reconhece. Mais do que isso: a leoa saúda-me, com respeito de irmã. Demoramo-nos nessa mútua contemplação e, aos poucos, um religioso sentimento de harmonia se instala em mim.

Saciada a sede, a leoa espreguiça-se como se quisesse que um outro corpo lhe saísse do corpo. Depois, vai-se retirando lentamente, a cauda balançando como um pêndulo felpudo, cada passo uma carícia sobre a superfície da terra. Sorrio, com incontida vaidade. Todos acreditam que são leões machos que ameaçam a aldeia. Não são. É esta leoa, delicada e feminina como uma dançarina, majestosa e sublime como uma deusa, é esta leoa que tanto terror tem espalhado em todas as vizinhanças. Homens poderosos, guerreiros munidos de sofisticadas armas: todos se prostraram, escravos de medo, vencidos pela sua própria impotência.

Uma vez mais, a leoa volta a demorar em mim o seu olhar e, depois, ronda em círculo antes de desaparecer. Qualquer coisa, que não conseguirei nunca descrever, subitamente me rouba discernimento e o grito me irrompe do peito:

— *Mana! Minha irmã!*

Os meus pulsos fincam-se, com desespero, nos remos, apressando a canoa de encontro à margem:

— *Silência! Uminha! Igualita!*

Os nomes das minhas falecidas irmãs reverberam naquele cenário de brumas. Da cabeça aos pés estremeço: acabava de desafiar os sagrados preceitos de não pronunciar o nome dos mortos. Atraídos pelo chamamento, os falecidos podem reaparecer no mundo. Talvez fosse essa a minha secreta pretensão. Um desesperado ímpeto me faz voltar a desobedecer:

— *Sou eu, mana, sou eu, Mariamar!*

Compenetro-me, então, do absurdo da minha condição: eu, que nunca levantara a voz, gritava agora por quem não pode escutar. Têm razão os que me acusam: estou louca, perdi o mando em mim. E desabo em pranto, como se estivesse reparando o quanto não chorei quando nasci. Adjiru tinha razão: tristeza não é chorar. Tristeza é não ter para quem chorar.

— *Não me deixem, por favor, levem-me convosco.*

O chamamento ecoa pela floresta e, por um segundo, parece-me que outras vozes clamam por Silência. Mas a vegetação se encerra, espessa e imóvel. No lugar onde a leoa acabou de beber há agora uma mancha vermelha que rapidamente se espalha pela superfície da água. De repente, todo o rio se avermelha, e estou navegando em sangue. O mesmo sangue que, sempre que sonhei dar à luz, escapou por entre as minhas coxas, esse mesmo sangue está fluindo na corrente. Adjiru Kapitamoro, meu avô, estava certo: este rio nasceu de suas mãos, tal como eu nasci do seu afeto. E então, entendo: mais do que a terra, a minha prisão era o avô Adjiru. Tinha sido ele que imobilizara a canoa e me prendera no remanso sagrado do rio Lideia.

— *Por favor, avô* — imploro. — *Deixe-me navegar, rio abaixo.*

Enrosco-me no ventre da almadia, deito-me a buscar o sono dos que ainda não nasceram. Inesperadamente, uma outra canoa atravessa o silêncio e, para meu sobressalto, se vai aproximando como um furtivo crocodilo. Só pode ser Adjiru que me vem resgatar. Garganta presa, chamo:

— *Avô?*

As embarcações estão agora juntas e um vulto ergue-se sobre mim para amarrar uma corda à trave de apoio dos remos. O intruso está em contraluz, não vejo senão a escura silhueta. Não quero perder um instante, aponto para a margem e anuncio:

— *Estava ali! A leoa estava ali. Vamos, avô, ela ainda deve estar perto.*

— *Sente-se, Mariamar.*

Assusto-me: não é Adjiru. Quem ali está é Maliqueto Próprio, o solitário verdugo da aldeia. Sem dizer palavra, vai-me trazendo, de arrasto, a Kulumani. A meio do caminho pousa os remos e encara-me fixamente até que a embarcação, abandonada, volta a descer o rio, ao sabor da corrente.

— *Você deve-me alguma coisa, Mariamar. Não se lembra? Aqui é um bom lugar para cobrar o que me deve.*

Vai-se libertando da roupa, enquanto se aproxima, rastejante e baboso. Estranhamente, não o receio. Para meu próprio assombro, toda eriçada, avanço sobre Maliqueto, gritando, cuspindo e arranhando. Entre temor e espanto, o polícia recua e constata, horrorizado, os fundos rasgões que lhe causei nos braços.

— *Grande cabra, querias matar-me!?*

Enrola a camisa nos ombros para esconder as feridas e apressadamente retoma a viagem para Kulumani. Enquanto rema, vai repetindo, em surdina:

— *Está louca, a gaja está completamente louca.*

Na margem, esperam Florindo Makwala, o administrador, e meu pai Genito Mpepe. Antecipo-me, a tensão turvando-me a voz:

— *Eu vi, eu vi! Era a leoa, pai! E era verdadeira. Não era fabricada.*

— *Mentira. Não vale a pena vir com histórias, porque eu lhe vou castigar.*

— *Vi, pai. No remanso, uma leoa. Tenho a certeza absoluta.*

Para me contradizer, Maliqueto argumenta: que não havia nada para se ver. E mesmo que eu tivesse visto, como poderia ter a certeza de que se tratava de uma fêmea? Os leões machos, nesta região, são pequenos e quase não têm juba.

O chefe de posto avança com cuidado para não molhar os pés e, guardando cuidadosa distância, ordena a meu pai:

— *Não quero essa menina em contacto com a delegação.*

— *Vai ficar em casa, pode ficar descansado, camarada chefe. Vou amarrá-la no quintal.*

— *Quero-a longe dos visitantes. E você, Maliqueto, o que se passa? Está a sangrar?*

— *Magoei-me nas cordas, chefe. E, já agora, se me per-mite, posso falar alguma coisa, chefe?*

— *Fala.*

— *A cabeça da sua filha, camarada Mpepe, já não fun-cionava, mas agora até dá medo. Como é que ela se aventu-ra a visitar sozinha aquele lugar sagrado?*

— *Tem razão, Maliqueto. Você não sabe o que fizeram a Tandi, que andou a passear por onde não devia?*

Os três homens ocupam-se com as manobras de acostagem. Sentada na margem, dou conta de como uma canoa se assemelha a um caixão. O mesmo bojudo ventre, o mesmo itinerário para fora do tempo. O rio não me levou ao destino. Mas a viagem conduziu-me a quem de mim estava apartada: a leoa, minha esperada irmã.

Diário do caçador
(2)

A viagem

A minha rede de captura de borboletas está suspensa, espero apenas que a mariposa me instigue através dos seus recuos, das suas hesitações. Como ficaria feliz se me pudesse dissolver em luz e ar, apenas com o intuito de me aproximar e ser capaz de a dominar. Entre mim e a presa, agora, a velha lei da caça se instala: quanto mais eu, com todo o meu ser, tento obedecer ao animal, mais me converto, corpo e alma, em borboleta. Quanto mais perto estou de cumprir o desejo de caçador, mais esta borboleta ganha a forma da vontade humana. No final, é como se a captura fosse o preço que tenho que pagar para recuperar minha existência humana. [...] No regresso da caça, o espírito da criatura condenada toma posse do caçador.

Tradução livre de excerto de *A caça à borboleta*,
de Walter Benjamin

Nunca gostei de aeroportos. Tão cheios de gente, tão sem ninguém. Prefiro as estações de comboio, onde sobra tempo para lágrimas e para acenar de lenços. Os comboios arrancam lentos, suspirantes, arrependidos de partir. Já o avião tem pressas que não são humanas. E a lenda da minha mãe perde razão quando contemplo os aviões que se lançam pelos ares. Afinal, nem tudo é tão lento no infinito firmamento. Estou no aeroporto de Maputo com a certeza de que não estou em lugar nenhum. Alguém falando em inglês devolve-me ao chão da realidade.

— *Este é o escritor. Ele vai ser o seu companheiro de viagem.*

O escritor é um homem branco, baixo, de barba e de óculos. É um intelectual famoso, várias pessoas param para lhe pedir autógrafos. Ergue-se para me apertar a mão:

— *Sou Gustavo. Gustavo Regalo.*

Parece gostar do seu próprio nome. Espera que eu o reconheça. Faço de conta, porém, que me é completamente estranho.

— *Vou fazer a reportagem da caçada, fui contratado pela mesma empresa que o contratou a si.*

— *Tenho a certeza de que vai gostar. E os leões vão gostar de saber que a morte deles merece uma reportagem.*

— *É a primeira vez que vou participar numa caçada. Devo dizer, sem ofensa, que sou contra.*

— *Contra o quê?*

— *Contra as caçadas. Ainda por cima tratando-se de leões.*

— *O problema, caro escritor, é que você nunca viu um leão.*

— *Como nunca vi?*

— *Viu leões em safaris fotográficos, mas você não sabe o que é um leão. O leão só se revela, em verdade, no território em que ele é rei e senhor. Venha comigo a pé pelo mato e saberá o que é um leão.*

***

Quatro horas de avião, sentado ao lado do escritor, foram suficientes para avaliar o fosso que nos separa. Com os seus ares de intelectual, o seu bloco de notas em riste, a incapacidade de ficar calado: em suma, o escritor irrita-me. Pelo modo como me encara, percebi que o inverso é também verdade. Qualquer coisa nele me faz lembrar Rolando e a forma como o meu irmão me fitava. Como se me acusasse.

A pluma pesa; a ave também pesa. A mais leve é a que sabe voar. Assim era o provérbio de Dona Martina, minha falecida mãe. Pois a mim pesam-me as duas levezas e nunca os meus sonos se convertem em noturnos voos. Um estado de alerta me faz entrar e sair do sono como um bêbado, ir e vir como um náufrago. Herança dessa noite fatídica em que Rolando disparou sobre o meu pai. A insónia traz lembranças que eu não queria; o dormir lava memórias que eu queria guardar. O sono é a minha doença, a minha loucura.

***

Durante a viagem sou vencido pela sonolência. Faço de conta que durmo para depois fingir que sou despertado pelo rasgar de uma folha. Sorriso tímido, Gustavo desculpa-se:

— *Vou escrever uma carta à minha namorada. À velha maneira. Uma falsa carta, para apenas para me distrair, apenas para distrair saudades dela.*

Uma carta falsa? Haverá carta que não seja falsa? E lembro as cartas de amor que o meu pai ditava a minha mãe. Era um ritual, às derradeiras horas da tarde, quando se ouvia o coaxar dos sapos nas lagoas em volta. Nós éramos negros e mulatos despromovidos a negros. Restavam-nos as margens do bairro, onde se acumulavam chuvas e doenças. Martina Baleiro, minha mãe, fazia-se bonita para as suas redações. Aquele era o único momento em que ela recebia palavras bonitas da parte do seu homem. Apenas naquele momento ele lhe surgia manso, quase submisso, como se pedisse perdão. Imóvel e dobrada sobre o papel, a mãe parecia uma tela envelhecida. A seu lado, Rolando rabiscava infinitos deveres de casa. Nesse momento, ele era mais idoso que a nossa própria mãe. Ainda hoje ressoa em mim a voz do meu pai em soletrado ditado:

— *Meu querido Henrique, meu amado marido, único amor da minha vida... estás a escrever, Martina?*

E encomendava longas missivas, sempre iguais, enrolando as palavras como se estivesse embriagado. Que difícil relação o pai tinha com as palavras! Herdei essa má relação com a escrita, em contraste com Rolando para quem as letras eram um jogo de brincar. Talvez seja por isso que me irrita a fluência com que o meu companheiro de viagem vai rabiscando copiosas linhas. Ou, quem sabe, o que me perturba é não ter ninguém a quem escrever uma carta de amor?

✳ ✳ ✳

O escritor terminou a imaginária carta, dobra criteriosamente o papel para o introduzir num sobrescrito. Abre o zíper da maleta e arruma-o por entre vários outros envelopes. A carta pode ser forjada mas a encenação é convincente. E, de novo, a lembrança me assalta. Longe de nós, Henrique Baleiro cumpria o resto do ritual: invariavelmente, metia a carta num envelope que humedecia nos lábios e que depois guardava na mala de viagem. Transportava aquelas cartas para as demoradas caçadas. Levava também uma fotografia desfocada de Martina.

— *Está assim, sem foco, para os outros verem, mas não olharem demais.*

Ciumento, o velho Henrique! Esses ciúmes foram, aliás, motivo de sangue e luto.

✳ ✳ ✳

Pela janela do avião vejo a derradeira luz dissolvendo--se entre as nuvens. Recordo a fábula da minha mãe, condenando a petulância do Sol e o modo como eu mesmo, talvez por causa dessa lenda, me sinto despertar sempre que começa a escurecer. Não sou do dia, não sou da noite. O poente era a hora em que eu retornava a casa, exausto das minhas infinitas brincadeiras, nesses pátios que se abriam como uma extensa savana onde me imaginava caçando. Rolando olhava para mim, ciumento dessa minha intimidade com o mundo. Rolando era da casa. Eu era da rua.

— *Mãe, por favor, não me mande já tomar banho. Deixe-me ficar assim sujo só mais um bocadinho.*

O suor e a poeira prolongavam em mim a embriaguez das matas que eu inventava nos quintais. Meu pai quase sempre ausente, Martina Baleiro podia autorizar, exercendo livre e soberana a sua maternal complacência. O que para nós era alívio, para ela parecia uma penosa saudade. Nesses longos períodos de solidão, a mãe continuava cumprindo o ritual das encomendadas redações: vestia-se com o seu vestido mais elegante — na verdade, o único vestido que possuía — e fazia de conta que escutava os ditados do ausente Henrique Baleiro. Com tal devoção se representava escrevendo, que nós escutáva-

67

mos, ecoando nos corredores da casa, a arrastada voz do nosso pai.

✳ ✳ ✳

— *Por que vamos tão depressa?*

O escritor não responde. Desde que o avião aterrou em Pemba, iniciámos uma longa viagem por estrada até ao distrito de Palma. Esperam-nos nove horas de estradas de areia em péssimo estado.

Na viatura de todo o terreno seguem quatro ocupantes: à frente, eu e o escritor Gustavo; no banco traseiro, Florindo Makwala, o administrador do distrito, e a sua anafada esposa, Dona Naftalinda. A primeira-dama, como o administrador faz questão em designar, faz jus ao nome: ela é tão pesada que a viatura se inclina perigosamente sobre o lado em que se instalou.

Gustavo é quem conduz. Preferi ficar livre para vigiar o mato que ladeia a picada. Desde há duas horas que a paisagem não é mais do que um monótono desfile de árvores esqueléticas, fugidias e sem folhas.

— *Para quê esta velocidade?* — volto a questionar.

A pergunta é, afinal, uma ordem. É preciso que Gustavo entenda quem manda nesta expedição. Eu e ele somos dois opostos. O escritor é branco e baixo. Eu sou mulato e alto. O escritor fala pelos cotovelos e olha as pessoas bem nos olhos. Em contrapartida, os olhos humanos roubam-me a alma, quanto mais humano o olhar mais eu me converto em bicho.

— *Ainda falta muito?* — pergunta Gustavo, de forma tão sufocada que ninguém escuta.

Por fim, o homem acaba cedendo: o carro abranda perante o meu sorriso de mal disfarçado desdém. Espreito o banco traseiro:

— *Estás a dormir, Dona Naftalinda?*

O silêncio dela faz coro com a paisagem em redor: o mundo parece ainda por estrear. Dentro do carro, a calmaria é ainda mais solene. Conheço aquele silêncio e o modo como, nos dias de calor, ele se afunda em nós. Começa por nos pesar a simples vontade de falar. Depois, já não nos lembramos do que queríamos dizer. Não tarda que a própria respiração seja um esbanjar de energia.

— *Arcanjo tem razão, vá mais devagar* — reclama Dona Naftalinda. — *A estrada é péssima, aqui atrás vamos aos saltos.*

O tom de voz de Naftalinda ajusta-se ao seu estatuto: tem essa doçura de quem sabe tanto o que quer que nem precisa mandar. O meu olhar percorre a paisagem como um fogo lambendo os capins. Onde o escritor vê árvores, eu vejo refúgios feitos de sombras. Numa dessas sombras repousarão os famigerados leões, comedores de gente e de sonhos.

***

Absorto a vistoriar as sombras não dou conta que um animado monólogo se iniciara no banco traseiro. O administrador vai perorando sobre carros, marcas, modelos, países e anos de produção das suas viaturas de predileção. E como lhe fazia jeito um automóvel como este que a companhia que nos contratou colocou à nossa disposição.

— *Ainda falta muito?* — pergunto apenas para mudar o rumo da conversa.

O administrador repete o que já disse uma dezena de vezes: que não falta quase nada. E que «praticamente» já chegámos. O escritor pergunta:

— *É estranho, não se vê gente. Aqui não vivem pessoas?*

Florindo Makwala empertiga-se, ofendido. Insinuava o visitante que ele governava apenas pedras e poeira?

— *Já as vai ver. As pessoas. São tantíssimas.*

***

— *Pare, pare o carro!* — ordeno, já de porta aberta e com metade do corpo fora da viatura. No instante seguinte, pé ante pé, vou espreitar uns arbustos na margem da estrada. Abutres voam em círculos, lá no alto. Pode ser que uma carcaça apodreça por aquelas bandas. Alarme falso. Faço sinal para que os outros abandonem a viatura.

— *Vamos fazer uma pausa.*

Dona Naftalinda é descida da viatura. A suspensão do jipe geme, sofrida. O administrador, aterrado, comanda:

— *Ajude aí em baixo. Não deixem cair, por amor de Deus não deixem cair.*

— *Você, marido, não ouse tocar em mim. Não se esqueça de que está interdito.*

Vários braços se erguem para apoiar a operação de descarga da primeira-dama. Hesito, não sabendo onde apoiar as mãos. Receio que os meus braços se percam entre polpas e banhas. À minha frente, um imenso traseiro obscurece o dia, como um súbito eclipse do Sol.

— *Se soubesse tinha trazido uma grua* — segreda-me o escritor.

Já no chão, Naftalinda segreda qualquer coisa ao marido. Embaraçado, o administrador murmura entredentes:

— *A minha esposa precisa ir ao mato.*

— *Pode ir* — respondo, seco.

— *Ela tem medo.*

— *Acompanhe-a.*

— *Ela prefere que seja o senhor a guardá-la.*

— *Nestas coisas, como em outras, é melhor que seja o marido.*

— *Não é que tenha medo* — declara Naftalinda, com ares de imperatriz. — *Mas ouvi dizer que os leões só matam mulheres. Não sei se eu, enquanto primeira-dama, também estou incluída no menu das feras.*

— *Pode ter a certeza de que está* — comenta o escritor.

— *Ali é seguro* — garanto, apontando para umas rochas, mais à frente. — *Pode ir, Dona Naftalinda, que ficamos aqui vigiando.*

Para nos distrairmos da embaraçosa espera, o escritor finge interessar-se pela minha espingarda e confessa:

— *Houve tempo em que sonhava usar uma arma, queria ser guerrilheiro. Dizíamos, nesse tempo, que a liberdade iria nascer do cano de um fuzil.*

— *E chegou a acontecer?*

— *A liberdade?*

— *Não. Pergunto se chegou a ser guerrilheiro.*

— *Mais ou menos.*

— *Não existe mais ou menos quando se trata de armas e de liberdade. Alguma vez viu alguém ser morto?*

— *Nunca. E você? Matou alguém ou foram só bichos?*

71

De imediato, assalta-me a memória do meu pai sulcando o sangue que não era apenas seu, mas de todos os Baleiros. Uma entonação grave ensombra a minha fala. Aqueles que matámos, por mais estranhos e inimigos que sejam, tornam-se nossos parentes para sempre. Nunca mais se retiram, permanecem mais presentes que os vivos.

* * *

Regressada ao nosso convívio, Dona Naftalinda sorri, divertida com o modo como o escritor sacode a poeira como se se estivesse autoflagelando.

— *Vê a vantagem do leão? Um leão nunca se suja* — afirma Dona Naftalinda.

— *Só me apetecia um banho. Tenho mais poeira que roupa* — resmunga Gustavo, sacudindo-se com vigor.

— *É melhor ficar assim* — aconselho, com sarcasmo. — *É melhor ficar assim para o seu corpo começar a habituar-se à terra. Habituar-se a ser da terra, a ser desta terra.*

— *Eu sou desta terra.*

— *Isso só a terra pode confirmar.*

Viro costas e afasto-me não sem escutar, atrás de mim, a raiva sussurrada do escritor:

— *Arrogante de merda!*

* * *

Regressados ao carro, o administrador corre a inspecionar a carga: uma dezena de cabritos comprimidos na bagageira. Os bichos parecem tranquilos, com essa estúpida bonomia dos ruminantes.

— *Não é melhor amarrá-los?* — pergunta Dona Naftalinda.

Toda a viagem os caprinos tinham permanecido de pé, equilibrando-se com profissionalismo de dançarino. Florindo comenta com orgulho: cabrito foi feito para andar de carro, equilibra-se mesmo nos abismos, onde já não há chão. Depois, o administrador abre os braços, num gesto de simpatia:

— *Não esqueça, camarada caçador: um destes animais é isco para o leão. Escolha o que quiser.*

— *Há aqui um equívoco, caro administrador. Aliás, vários equívocos. Primeiro, eu não sou seu camarada. E depois, mais importante ainda, eu não caço com isco. Sou um caçador, não sou um pescador.*

— *Pois faça como quiser. A verdade, porém, é só uma: seja a pescar, seja a caçar, o senhor tem que eliminar esses leões. Faz parte das minhas metas políticas.*

Os comedores de gente são para ele um assunto político.

— *Os meus superiores* — relembra com ênfase — *deram instruções bem claras: o povo vota, os bichos não. Há que eliminar rapidamente estes motivos de queixa das comunidades* — e retoma a ordem sumária: — *Tem que os matar.*

— *Não os vou matar. Disso pode ter a certeza* — respondo.

— *Como diz?*

— *Sou um caçador. Eu não mato, eu caço.*

— *E não é a mesma coisa?*

— *Para si, talvez. Para mim é completamente diferente. E deixe-me dizer uma coisa antes de chegarmos à aldeia.*

*Não fui contratado pela administração. Só devo obediência
a quem me paga.*

* * *

Retomamos a viagem e, num ápice, uma nuvem de
pó volta a desordenar a milenar quietude da savana. O
administrador percebe que deve recuar no confronto
comigo. A presença do escritor de renome é uma oportunidade soberana para puxar lustro à sua imagem.
Displicente, afirma como se pensasse em voz alta:

— *Matar ou caçar, o que importa é que as pessoas possam
voltar às suas atividades diárias. Para lutarem contra a
pobreza absoluta.*

O homem já não fala. Discursa. E anuncia que a
expedição, dirigida pelo seu partido, irá salvar as pessoas da condenação à miséria. Usa o grande verbo:
salvar. Pelo espelho do carro, vou olhando o esvoaçar
da poeira e uma doce sonolência me invade: como eu
queria ser salvo! Deixar-me soçobrar, como um afogado, nos braços de um salvador. Emendo, de uma sal-
vadora, Luzilia.

* * *

— *Quando você for caçar, eu vou consigo, camarada
Arcanjo* — declara o administrador.

— *Na caça ninguém vai com ninguém* — respondo.
— *Na caça só há duas criaturas: o que mata e o que morre.*

— *Preciso que o meu povo me veja, que me vejam trazendo o troféu de volta à aldeia.*

Finalmente, avistam-se casas.

— *Não tarda* — diz Naftalinda ao escritor — *que as pessoas saiam para a estrada aos magotes.*

— *Quem mora nestas casas não são pessoas* — retifica o administrador.

— *Não moram pessoas?* — pergunta Gustavo. — *Quem mora, então?*

— *Quem agora mora aqui é o medo* — responde.

Nove horas depois de sairmos de Pemba, a capital da província, a nossa comitiva chega à aldeia. O administrador tinha razão. Não é apenas o medo que habita Kulumani. O terror está desenhado na multidão que nos cerca.

— *Não pare a viatura no meio da estrada* — ordena Makwala.

Sorrio. A estrada é tão estreita que não tem meio. E também não tem bermas: tudo em volta ganhou a cor da poeira. Eu mesmo me encontro tão coberto de pó que o meu corpo parece não ter dentro nem fora. Sacudo-me, as minhas mãos são nuvens que parecem ter emigrado do meu corpo. Um acesso de tosse sacode-me o peito. Uma entidade nebulosa começa a tomar conta de mim.

Sem dar por isso, um mar de gente nos envolve. A esposa do administrador explica, sussurrando ao meu ouvido: mobilizaram camponeses de outras aldeias para nos dar as boas-vindas. Contra todas as regras de segurança, estes aldeões marcharão de noite, indefesos, de retorno aos seus lares. Mas parece inevitável: a força de um chefe mede-se pelo tamanho da cerimónia de receção. E Florindo Makwala não queria perder a oportunidade de nos impressionar. Os créditos não lhe escapam das mãos e vai incentivando Gustavo Regalo:

— *Vê, caro escritor? O povo ama-nos. A mim e ao meu partido. Escreva isto, fotografe tudo isto.*

No meio da multidão alguém me prende o braço. Correspondo, num atabalhoado aperto de mão. Reparo, então, que se trata de um homem cego. Foi o seu desnorteado gesto que esbarrou comigo e me fez parar a marcha. Enverga um camuflado militar que contrasta com os pés descalços.

— *Chegaram, vocês!* — exclama o cego, como se cumpríssemos um destino. E depois sentencia: — *Vocês vieram para deixar o vosso sangue em Kulumani.*

Num momento, cedendo a um estranho impulso, começo a acenar à multidão. Lembro outras ocasiões em que fui recebido como um salvador. Esta gente, porém, olha-me de soslaio. A pegajosa mão do cego volta a prender-me o braço:

— *Você traz uma espingarda? Para quê? Estes leões não se matam com bala.*

O vigor com que me persegue faz-me duvidar da autenticidade da cegueira. Essa suspeita agrava-se quando me agarra com o desespero de um afogado e me pergunta:

— *O senhor vê-me?*

— *Por que pergunta?*

— *A nós, os de Kulumani, ninguém nos vê, só os* muwa-vi, *os feiticeiros, nos prestam atenção.*

O administrador ajuda a libertar-me do impertinente cego. Empurra-me para a frente da viatura onde os faróis abrem um recinto de luz e confidencia-me:

— *Estamos a chegar de noite. Alguns pensam que nós somos* vashilo.

— *Quem?*

— Vashilo, *os da noite. Somos os únicos que, a esta hora, andam visitando as aldeias.*

Depois, o administrador ordena em voz alta:

— *Deixem passar! Nós vimos salvar-vos, nós trazemos quem vem matar os leões.*

O cego faz uma vénia e volta a apoiar-se no meu braço para rematar:

— *Não há morrer, não há matar. Vocês todos vêm morrer a nossa casa.*

Olho em redor. Há duas noites foi aqui morta uma jovem mulher. Antes dela, umas vinte outras foram devoradas pelas feras. Não longe, no meio do capinzal, restariam ainda pegadas de sangue, indeléveis restos de indizíveis crimes. Penso na dor e no medo daquela gente. Penso no desamparo daquela aldeia, tão longe do mundo e de Deus. Kulumani era mais órfã do que eu.

É noite, já não há sombras no mundo.

Versão de Mariamar
(3)

Uma ilegível memória

Todas as manhãs a gazela acorda sabendo que tem que correr mais veloz que o leão ou será morta. Todas as manhãs o leão acorda sabendo que deve correr mais rápido que a gazela ou morrerá de fome. Não importa se és um leão ou uma gazela: quando o Sol desponta o melhor é começares a correr.

Provérbio africano

A noite passada, quando os estranhos chegaram a Kulumani não fiz menção de espreitar a sua receção frente à administração. Podia escapar por momentos à minha clausura. Mas nem sequer isso fiz. Durante anos, o que me fez viver foi o sonho de rever Arcanjo Baleiro. Agora ele estava ali, ao alcance de uns passos, e eu mantinha-me distante e alheia, espreitando a multidão que rodopiava em redor da comitiva. Pareciam abutres. Alimentavam-se de restos. Restos de nós mesmos. E foi o que disse à minha mãe: *parecem abutres.* E as aves de rapina, como diz a sabedoria local, não cegam nem depois de morrer.

A autoritária voz de Hanifa Assulua devolve-me à realidade:

— *Não durma à sombra das pestanas, Mariamar! Vá despescoçar uma galinha.*

Uma grande refeição está sendo preparada em homenagem aos visitantes. Nós, mulheres, permaneceremos na penumbra. Lavamos, varremos, cozinhamos, mas nenhuma de nós se sentará à mesa. Eu e a mãe sabemos o que temos que fazer, quase sem trocar palavra. A mim cabe-me capturar, matar e depenar uma galinha da nossa capoeira. Enquanto a persigo, em ruidosas correrias, escuto atrás de mim passos de alguém que se junta à caça. Suspendo a corrida e, respiração adiada, o meu olhar varre o chão em ansiosa busca. Não vejo ninguém, um sopro de angústia escapa-me do peito:

— *És tu, mana?*

Por fim, me aceito só, sentada na escada suspensa no poleiro onde as galinhas pernoitam a salvo dos pequenos predadores.

Algures, tão perto, está alojado Arcanjo Baleiro. E eu, na solidão do pátio, vou depenando a galinha presa entre os meus joelhos. As penas voam embaladas pela errante brisa. De súbito, vejo Silência, em contraluz, recolhendo em suas mãos as flutuantes plumas. Junta as mãos em concha para que nada lhe escape por entre os dedos e oferece-me esse suave novelo. Recolho a dádiva e escuto a familiar voz:

— *Veja, mana: este é o meu coração. Os leões não o levaram. Você sabe a quem o entregar.*

Reparo que me escorre sangue pelos braços, pela capulana, pelas pernas. Será sangue da galinha, é isso que parece, mas uma tontura me tolda a visão. Do meu peito irrompe uma raiva descontrolada, um fervilhar de vulcão. E a voz materna, emergindo da casa:

— *Então, Mariamar, ainda não matou a galinha? Ou está, como sempre, a descascar sombras?*

Quero responder, não me chegam as palavras. Repentinamente, perdi a fala, apenas um rouco farfalhar me sacode o peito. Assustada me ergo, percorro com ambas as mãos a garganta, a boca, o rosto. Grito por ajuda, mas apenas um cavernoso bramido se solta de mim. E é então que emerge a esperada sensação: um raspar de areia no céu da boca como se me tivessem enxertado uma língua de gato. Hanifa Assulua surge na porta, mãos nas ancas, cobrando o serviço:

— *Outra vez esses ataques, Mariamar?*

A aparição da mãe assusta Silência. Escuto os seus passos, céleres, afastando-se enquanto um cacarejar aflito me traz a certeza de que também as aves sentiram a sua presença. Não deram conta que uma delas jazia morta no meu colo. Mas reconheceram o movimento esquivo da falecida visitante. Se é verdade que estou louca, então eu divido a minha loucura com as aves.

A mãe aproxima-se, intrigada. Lentamente, as mãos sobem pelo rosto como que a buscar socorro. A dois passos de mim, estanca, assombrada:

— *O que fez com a galinha? Minha filha, você não usou a faca!?*

Desgrenhada, Hanifa vira costas e busca o abrigo da casa. Olho a despedaçada galinha espalhada pelo chão. Vejo, então, um abutre pousar a meus pés.

∗ ∗ ∗

Naquele momento, um episódio me vem à memória: quando os padres, em plena guerra, se retiraram de Kulumani, ninguém mais tomou conta do aviário da Missão. As galinhas ficaram abandonadas nas capoeiras que se desfaziam aos pedaços. Aos poucos, as aves tornaram-se selvagens, esgravatando afincadamente pelos baldios e apenas regressando à noite. Os galinheiros foram-se desmoronando e as velhas tábuas desapareceram devoradas pelas térmites. Aquilo era um aviso: a fronteira entre a ordem e o caos estava-se apagando. A primitiva savana vinha resgatar o que lhe tinha sido roubado.

E assim sucedeu: as galinhas foram, uma por uma, devoradas por abutres. As aves de rapina ocuparam o espaço antes reservado às aves domésticas e familiarizaram-se de tal modo que deixaram de recear a nossa presença. Uma meia dúzia acabou obedecendo ao chamamento do avô Adjiru que, como recompensa, lhes atirava uns nacos de gordura.

Certa vez, em nossa casa, o jantar se anunciou faustoso.

— *Há frango hoje, o que celebramos?* — inquiriu Silência.

Desconfiámos do tamanho do assado. Apenas eu tive coragem de duvidar:

— *Estamos comendo abutre?*

— *E se for?* — ripostou meu pai. — *Nunca ouviu dizer que nós, os caçadores, comemos olhos de abutre para ganharmos a sua visão certeira?*

Nunca soube o que comi. A verdade, porém, é que a partir dessa refeição nunca mais tive o conforto de um sono solto. Pesadelos me arrancavam do leito e eu acordava com uma inusitada sofreguidão, uma avidez que me roubava o ser. O modo como essa fome tomava posse de mim não era coisa de pessoa. A bem dizer, eu não apenas sentia fome. Eu era fome dos pés aos cabelos e uma viscosa saliva escorria-me pelos queixos.

— *É madrugada e você ainda anda a comer os restos do jantar? Que fomes são essas?* — estranhava o avô, sempre madrugador.

Levaram-me a Palma, para exames no hospital. *Pode ser diabetes*, ainda aventou o enfermeiro. Suspeita infundada. Nenhum exame revelou doença alguma e eu regressei a Kulumani sem alívio para os misteriosos acessos.

✲ ✲ ✲

De madrugada, o avô continuou a cruzar-se comigo na varanda enquanto eu debicava uns restos de *nchemba*, catando ossos de galinha no meio da farinha de mandioca. Adjiru aproveitava o escuro para exercer a sua outra atividade: a de escultor de máscaras. Obedecendo a ancestrais preceitos, esse afazer era clandestino, ninguém podia suspeitar de que as máscaras surgiam das suas mãos. Essas esculturas retratavam invariavelmente mulheres: as deusas que já fomos não queriam ser esquecidas. As mãos dos homens diziam aquilo que as suas bocas não ousavam pronunciar.

— *Posso fazer eu uma máscara?* — perguntei.

A máscara, disse ele, não é apenas aquilo que cobre o rosto de quem dança. O dançarino, a coreografia, a música ondeando em seu corpo: tudo isso é que é a máscara.

— *Então, quando terminar a obra, posso usá-la?*

— *Isto não é uma máscara. É um* ntela, *um amuleto, como você queira chamar.*

— *Por amor de Deus, avô! Acredita mesmo nisso?*

— *Não importa o que eu penso. Importa o que os mortos pensam. Sem isto* — e fez rodar a madeira entre as mãos —, *sem isto os antepassados ficam longe de Kulumani. E você fica longe do mundo.*

— *O avô me perdoe: mas o senhor, um assimilado de nascença, já devia estar muito longe dessas crenças...*

Um sorriso vago e bondoso: era a sua resposta. Depois, me admoestava. Que eu não devia atirar os restos de comida para o quintal.

— *Isso chama os bichos...*

Talvez fosse o que eu queria: convocar os bichos para junto da casa, reinstalar a desordem da selva, converter as capoeiras em ninhos de abutres.

✳ ✳ ✳

Com o tempo, os acessos noturnos se agravaram: os lençóis acordavam rasgados, os objetos espalhados pelo chão do quarto.

— *Isto já não é fome, eu estou doente. Avô, o que se passa comigo?* — inquiria eu, em lágrimas.

A razão daquela enfermidade era um segredo, respondeu, certa vez, Adjiru. Um segredo guardado tão fundo que, mesmo ele, acabava se esquecendo.

— *Não entendo, avô. O senhor está a deixar-me com medo.*

Eu estava doente, sim. Mas essa doença era a única coisa que me protegia do meu passado.

— O *problema não está consigo, minha neta. O problema está nesta casa, nesta aldeia. Kulumani já não é um lugar, é uma doença.*

Kulumani e eu estávamos enfermos. E quando, há dezasseis anos, me encantei pelo caçador, essa paixão não era mais que uma súplica. Eu apenas pedia socorro, em silêncio rogava que ele me salvasse dessa doença. Como antes a escrita me tinha salvado da loucura. Os livros entregavam-me vozes como se fossem sombras em pleno deserto.

✳ ✳ ✳

Depois de Arcanjo partir, há tantos anos atrás, ainda me passou pela cabeça escrever-lhe. Infinitas cartas teria escrito, em obediência a essa funda vontade. Não o fiz. Ninguém mais do que eu amava as palavras. Ao mesmo tempo, porém, eu tinha medo da escrita, tinha medo de ser outra e, depois, não caber mais em mim. Tal como o avô, que esculpia madeirinhas às escondidas, eu mantinha uma incumbência secreta. A palavra desenhada no papel era a minha máscara, o meu amuleto, a minha mezinha.

✳ ✳ ✳

Hoje sei quanto foi certo ter guardado para mim essas missivas. Na realidade, Arcanjo Baleiro teria suspeitado, caso recebesse cartas escritas por mim. Em Kulumani, muitos se admiram da minha habilidade de escrever. Numa terra em que a maioria é analfabeta, causa estranheza que seja exatamente uma mulher que domina a escrita. E pensam que aprendi na Missão, com os padres portugueses. A minha escola, de facto, nasceu antes: aprendi a ler foi com os animais. As primeiras histórias que escutei falavam de bichos selvagens. Fábulas me ensinaram, a vida inteira, a distinguir o certo do errado, a destrinçar o bem do mal. Numa palavra, foram os animais que começaram a fazer-me humana.

Essa aprendizagem fez-se sem plano mas com propósito. Meu avô e meu pai traziam da caça a carne que comíamos e as peles que vendíamos. O meu avô, porém, trazia algo mais. Do mato carregava pequenos troféus que me oferecia: unhas, cascos, penas. Deixava esses despojos em cima de uma mesa, à entrada de casa. Por baixo de cada um desses adornos, numa velha folha de papel, Adjiru Kapitamoro escrevia uma letra. Um «a» para a pluma da águia, um «c» para um casco do cabrito, um «m» para *munda*, que é o nome que se dá à flecha na língua da nossa terra. E o alfabeto desfilava ante os meus olhos. Cada letra era uma cor nova com que eu olhava o mundo.

Certa vez, sobre a folha de papel repousava uma garra de leão. Agachado a meu lado, o meu avô enrolou a língua no céu da boca e, como um pequeno chicote, fez estalar um sonoro «L». A sua enorme mão conduziu a minha e desenhei a letra no papel. No fim, sorri, vitoriosa. Pela primeira vez me confrontava com um leão. E, ali, caligrafada no papel, a fera se ajoelhava a meus pés.

— *Cuidado, minha neta. Escrever é perigosa vaidade. Dá medo aos outros...*

Num mundo de homens e caçadores, a palavra foi a minha primeira arma.

✳ ✳ ✳

Do alto da goiabeira do quintal espreito a praça da aldeia. Nunca vi a *shitala* tão cheia. Já almoçaram, já beberam, a vozearia cresceu. Não consigo ver os convidados que estão do outro lado do alpendre. Ajeito-me no tronco macio, aspiro o perfume das goiabas maduras para contrariar a espera. E eis que vejo Arcanjo emergindo na praça para arejar. Não mudou muito: está mais pesado mas mantém o mesmo ar de príncipe. O coração pula no meu peito. No topo da árvore tenho a impressão de estar acima do mundo e do tempo.

Subitamente, vejo Naftalinda atravessar a praça com passo firme. O que faz ela nesse local proibido para mulheres? Conheço-a desde menina, partilhei com ela a solidão da igreja Missão. Uns dizem que o peso a tornou louca. Eu tenho fé na sua demência. Só as pequenas loucuras nos podem salvar da grande loucura.

✳ ✳ ✳

A visão da praça cheia de gente faz-me recuar no tempo. Recordo-me das vezes em que o avô Adjiru me vinha buscar para um passeio na aldeia. Segurava-me pela mão e conduzia-me ao *shitala*, o alpendre dos «homens grandes». A minha simples presença naquele lugar era uma heresia que só ele se permitia autorizar. Os homens perguntavam ao avô Adjiru sobre as suas aventuras de caça. No início, hesitava. Às vezes puxava-me a mim para o centro e proclamava:

— *Você, Mariamar, é que vai contar histórias.*

— *Mas eu sou uma menina, nunca cacei, nunca irei caçar...*

— *Todos já caçámos, todos já fomos caçados* — argumentava ele.

Ganhava tempo para se tornar o centro do mundo. Porque, depois, ele se erguia portentoso, isento de idade, e a palavra vaidosa rodopiava pelo quarto. A um certo ponto, Adjiru parava, suspirava, os olhos procurando um alvo, a sugerir que a narração iria ser demorada. Sentava-se, todo transpirado. Mas não era um apoio que procurava. Era um trono. Porque dali em diante Adjiru Kapitamoro iria reinar. Na verdade, não recordava a caçada: ele voltava a caçar. Naquele recinto, naquele preciso momento, ante o olhar espantado dos escutantes, o avô emboscava a presa. E a assembleia, em suspenso silêncio, temia afugentar não as memórias do caçador mas os animais que ele perseguia.

— *Conte outra história, Adjiru. Conte aquela vez...*

Em reprovação, o avô erguia o braço. Negava o convite: no relato do caçador não existe o «era uma vez». Porque tudo nasce ali, na vez da sua voz. Contar uma história é deitar sombras no lume. Tudo o que a palavra revela é, nesse mesmo instante, consumido pelo silêncio. Só quem reza, em total entrega de alma, sabe desse acender e tombar da palavra nos abismos.

***

90

Uma noite, o relato ia já longo, as bebidas já bem rodadas, Genito Mpepe interrompeu com voz entaramelada:

— *Mas você, Adjiru! Como aldraba bem!*

Foi uma pedrada sem charco. O olhar atónito de Adjiru era o da ferida ainda por abrir. Ressentido, dedo em riste, proferiu:

— *Você, Genito, acabou de partir o garfo dentro da boca.*

Despedaçado, o avô retirou-se da *shitala* e dissolveu-se na noite. Apenas eu o acompanhei. Sentei-me no escuro e esperei que falasse. Por fim, depois de uma longa pausa, cheia de suspiros, ele se lamentou:

— *Porquê? Porquê Genito fez isso comigo?*

— *O meu pai está bêbado.*

— *Ingrato. Ingratos, todos eles. O que eles chamam de mentiras chamo eu de dádivas.*

O olhar perdeu-se no infinito. Passavam por Adjiru mil pensamentos, mil lembranças. Aos poucos, a sua raiva foi ficando vencida.

— *Sabe, Mariamar? O mais triste é que Genito pode estar bêbado, mas está certo. Todas aquelas glórias nos meus relatos: tudo aquilo é fumo sem fogo.*

Do caçador se desconfie, admitiu. Não porque o caçador seja mentiroso. Mas porque a caça tem a verdade de uma dança: corpos fugindo da sua própria realidade. Era assim que Adjiru entendia.

Na verdade, explicou, a carreira do caçador é feita de fracassos e esquecimentos. Por mais apurada que seja a sua pontaria, todo o homem que caça é um falhador. Para cada vitória, mil derrotas. É por isso que o caçador é um inventor de proezas: porque ele mesmo se desacredita, mais receoso da sua fragilidade que da mais feroz presa.

— *Antes eu fosse mentiroso. Porque, no fundo, não sou nada. Nunca fiz nada.*

— *Não diga isso, avô. O senhor já fez tanta caçada.*

— *Quer saber, minha neta? Na caça, trabalha mais a presa que o predador.*

Não era uma queixa. No fundo, o que ele ambicionava era não ter obrigação nenhuma. A felicidade, costumava ele dizer, consiste num fazer nada: ser-se feliz é apenas deixar Deus acontecer. E calou-se, as mãos rodando, nervosas, sobre os joelhos. De súbito ergueu-se, determinado, como se tivesse sido visitado por uma nova alma. Passo firme, se encaminhou de novo para o alpendre, empoleirou-se numa cadeira, enfunou o peito e enfrentou a multidão.

— *Querem histórias? Pois eu vou contar-vos uma história. A vossa história.*

— *Pronto, já vai começar* — resmungaram alguns.

— *Vocês já se esqueceram de que foram escravos?* — prosseguiu Adjiru.

— *Estamos lixados* — comentaram outros.

— *Ou já se esqueceram que nos levaram para além do mar? Nenhum de nós voltou. Ou já esqueceram do meu pai, Muarimi Kapitamoro? Foi levado para São Tomé, não lembram?*

— *Nós já vamos embora* — disseram os homens, em coro. E, dirigindo-se a mim, acrescentaram: — *Venha connosco que, agora, vão chover palavras.*

Retiraram-se um por um, até que, sob o telheiro, restei apenas eu fixando, com o coração nas mãos, a bamboleante cadeira em cima da qual o avô prosseguia a sua inflamada alocução. Ainda ousei, quase sem voz, chamá-lo de volta ao mundo. Naquele momento, porém, eu era, para ele, invisível. Um inflamado profeta tomara posse do meu velho parente.

— *Os escravos não deixam memória sabem porquê? Porque não têm campa. Um dia destes, em Kulumani, ninguém mais terá campa. E nunca mais haverá lembrança de que aqui houve gente...*

— *Avô, vamos para casa.*

— *Agora já nem precisamos que nos metam nos navios. São Tomé é aqui, em Kulumani. Aqui, moramos todos juntos, escravos e donos de escravos, os pobres e os donos da pobreza.*

Naquele momento, no alpendre já vazio, eu contemplei o avô Adjiru como se ele fosse um menino, mais solitário e desamparado do que eu. Aproximei-me da cadeira que lhe servia de palco, ergui o braço bem alto para tocar na sua mão.

— *Vamos, avô. Vamos para casa.*

Braço no braço, descemos pela vereda, junto ao rio.

Diário do caçador
(3)

Uma longa e inacabada carta

O homem vê o cacimbo; a mulher vê a chuva.

Provérbio de Kulumani

Nessa mesma noite, usando da maior das hospitalidades, instalaram-nos no edifício da administração. Sugeriram-nos que afastássemos as pilhas de pastas de arquivo e usássemos uns coçados sofás que ali apodreciam. Assim improvisaríamos mesas e camas.

Esbanjando simpatia, o administrador despede-se, sorriso aberto, já na fresta da porta:

— *Amanhã virá uma senhora da aldeia para fazer as limpezas e preparar a refeição.*

— *Devia ser Tandi, a nossa empregada* — corrige a primeira-dama. — *Acontece, porém, que ela foi...*

— *Ela está incomodada* — interrompe às pressas Florindo.

— *Incomodada? Que palavra é essa, marido? Incomodada?*

Makwala empurra com firme gentileza a esposa para

o quintal. Lá fora, ainda discutem. Aos poucos, as vozes desvanecem-se. Parece terem-se afastado, mas os passos nervosos de Naftalinda confirmam que regressa, empenhada em nos deixar com a sua última palavra:

— *Só para que fique claro: incomodada quer dizer atacada, quase morta. E não foram os leões que o fizeram. A maior ameaça, em Kulumani, não são as feras do mato. Tenham cuidado, meus amigos, tenham muito cuidado.*

A mulher volta a sair e penso no milagre de haver porta para tanto corpo. Passo os dedos pelo tampo da secretária e sorrio: será entre poeira do tempo e pilhas de letra morta que escreverei este diário. Este manuscrito é apenas uma longa e inacabada carta para Luzilia.

✱ ✱ ✱

Acordo o escritor com desnecessária veemência. O homem tinha adormecido havia pouco, devia emergir de um poço fundo.

— *Preciso da sua ajuda. Siga-me de carro, a iluminar-me o caminho...*

— *O que se passa?*

— *Estes gajos encheram os caminhos de armadilhas.*

— *E então?*

— *Sou um caçador, não uso armadilhas.*

Vou seguindo a pé, o ensonado escritor vai conduzindo a viatura, devagar, na minha peugada. Aqui e ali, recolho armadilhas e lanço-as para as traseiras da carrinha. Mais adiante deparo com uma construção feita de troncos que superam a altura de um homem, sustentando no topo um telhado de colmo.

— *Parece uma casa* — avisa o escritor.

— *É um* utegu, *uma armadilha para apanhar leões.*

Passo uma corda por entre os troncos e amarro-a à viatura, ordenando que Gustavo, de marcha à ré, arraste o teto e a paliçada.

— *Vá, força, pé no pedal!*

O esforço do motor, junto com os meus impacientes gritos, fazem-me recuar ao tempo da infância. Recordo certa vez que meu pai decidiu que eu iria com ele para o mato. A minha velha opôs-se com vigor: para além dos perigos da caça, nós estávamos em plena guerra. Discutiram à porta de casa, era madrugada e os gritos de minha mãe chamaram a atenção da vizinhança. O velho Baleiro decidiu pôr cobro à disputa: empurrou-me para dentro do jipe e fechou-se comigo na cabina. A viatura recuou com tais desvairadas pressas que, de súbito, um violento embate me atirou de encontro ao vidro que se estilhaçou. O sangue escorria quente pelo rosto. Lembro como, chorando em silêncio, a minha mãe me transportou ao colo. Ao depositar-me na minha cama, o meu sangue tingindo-lhe os braços, ela proclamou com misteriosa serenidade:

— *Fica a saber, marido: este menino não será nunca um caçador.*

＊＊＊

Recolhidas as armadilhas, regresso a casa, e à luz de um candeeiro a petróleo, abro o meu caderno de notas. Revejo, displicente, as lembranças do dia.

— *Afinal, você é canhoto?* — pergunta o escritor, aproximando-se.

— Sim. Mas, para disparar, sou dextro.

A mão esquerda, explico com súbita inspiração, é a que segura as crianças ao colo. Não pode ser a mão que mata.

— Estranho — reage Gustavo. — Na maior parte das culturas, a mão esquerda é a maldita. Em que tribo foi buscar esse preceito?

— Na tribo de minha casa, na tribo dos Baleiros. Hoje, essa tribo sou só eu.

— E o que está a escrever, se não é indiscrição?

— Escrevo esta história.

— Que história?

— A história desta caçada. Vou publicar um livro.

Gustavo não esconde o sorriso nervoso. A revelação funcionou como um soco no estômago. As perguntas seguem-se, sem pausa: um livro?... e que editora me iria publicar?... E que estilo adotaria, a novela, o testemunho? Não deixo que termine o desfile de dúvidas e interrogações. Pergunto-lhe como que a apaziguar:

— Acho que não vou conseguir.

— E por que é que não seria capaz?

— Escrever não é como caçar. É preciso muito mais coragem. Abrir o peito assim, expor-me sem arma, sem defesa...

Gustavo percebe a ironia nas minhas palavras. Tenta, então, atacar-me no meu próprio território.

— Já lhe disse que odeio a caça.

— Por que é que está aqui, então?

— Neste caso não existe alternativa para proteger vidas humanas.

— Sabe o que eu lhe digo? Medo.

— Como?

— *Você tem medo.*

— *Eu?*

— *Tem medo de si mesmo. Tem medo de ser caçado pelo animal que mora dentro de si.*

Gustavo vira as costas, mas eu não desisto: por muito que ele vivesse num mundo urbano e moderno, o primitivo mato continuava vivo dentro dele. Parte da sua alma seria sempre bravia, cheia de indomáveis monstros.

— *Venha para o mato comigo e vai ver: você é um selvagem, caro escritor.*

— *Chame-me o que quiser, mas não encontro grande heroísmo em disparar sobre animais indefesos. Não há glória num confronto tão desigual.*

Em silêncio, retiro da sacola e deposito sobre a mesa uma garra e um dente de leão.

— *O que lhe parece que isto é?*

— *São partes de um leão.*

— *Partes? São armas. Estas são as espingardas do leão. Como pode ver, o bicho está mais equipado que eu. Quem é o caçador, afinal? Eu ou ele?*

— *Esta conversa não vai dar a lado nenhum.*

— *Deixe-me dizer que, como repórter, você começou muito mal.*

— *E porquê?*

— *Você não percebeu por que motivo destruí as armadilhas.*

— *E você começou ainda pior: nem se dignou a falar com as pessoas antes de destruir aquilo que elas construíram com tanto empenho.*

— *Sabe uma coisa, escritor: seria melhor se, em vez de leões, eu viesse caçar vampiros. Os vampiros vendem bem, você teria um* best-seller *assegurado.*

Sopro sobre a vela e o escuro invade o quarto. Lá fora, a lua cheia desperta em mim uma felina inquietação. Sob a cortina das pálpebras, volto a lembrar-me de Luzilia. De repente, porém, uma outra miragem me surge. É uma jovem negra, bela. É uma moça local que sorri junto a um rio. Permanece sem rosto, podia ser qualquer mulher da aldeia. Hoje à noite durmo com todas as mulheres de Kulumani.

* * *

Não adormecera havia muito quando escuto rugidos. O mundo fica suspenso. Não existe silêncio a seguir ao ronco do leão.

— *Está a ouvir?* — pergunta o escritor, em alvoroço.
— *É uma leoa. Ainda está longe.*

Aos poucos os rugidos vão esmorecendo. O escuro cala-se. Enfim, começo a minha guerra com a noite.

* * *

Desde manhã cedo, uma mulher chamada Hanifa Assulua está varrendo, lavando, limpando, aquecendo água sem nunca não pronunciar palavra. A sua presença tem a discrição de uma sombra. Apenas à saída, ela me dirige a palavra, sem nunca levantar os olhos do chão.

— *Lembra-se de mim?* — pergunta.

Não me recordo. Explico-lhe a circunstância efémera da minha visita. Passara tanto tempo desde que eu viera aqui dar caça a um crocodilo. Foram uns escassos dias e partira sem nunca mais voltar. Queria desculpar-me de uma eventual indelicadeza. Mas ela parece aliviada com a minha falta de lembrança.

— *Diga a verdade: o senhor apenas vem caçar? Ou vem buscar uma pessoa a Kulumani?*

— *Que pessoa? Não conheço ninguém.*

— *É bom que seja assim. Aqui também não há ninguém.*

E não me disse mais nada naquele dia nem nos seguintes dias. Rodava por ali sem corpo, sem voz, sem presença. O escritor entendeu que aquela mulher era uma ponte para chegar à comunidade da aldeia. E ainda mais: ela era a mãe da última vítima dos leões. Por isso, Gustavo segue como uma sombra os passos da empregada. Hanifa enche uma lata de água quando o escritor lhe pergunta sobre as circunstâncias que rodearam a morte da filha.

— *O que sucedeu naquela noite? Ela estava fora de casa, àquela hora?*

— *O leão estava dentro.*

— *Dentro de casa?*

— *Dentro* — repete, num quase inaudível sopro.

Aponta para o peito como se sugerisse uma outra interioridade. Depois, abraça a lata de água, recusando ajuda para a colocar em cima da cabeça.

— *Tenho que ir para casa, ainda vou cozinhar, preparar a vossa festa de receção.*

Ergue-se em aprumada postura, como se a lata de água fizesse parte do seu corpo, como se a água é que a estivesse transportando a ela.

***

O administrador aparece a meio da manhã para apresentar o pisteiro que nos acompanhará durante as caçadas. Chama-se Genito Mpepe, é marido de Hanifa, a mulher que nos limpa a casa. É assim que Florindo o apresenta. Depois, com voz velada, acrescenta:

— *A moça que foi morta... era filha deste senhor...*

Desenrolo um mapa sobre a mesa e peço ao homem que me forneça indicações sobre os locais onde as vítimas foram atacadas.

— *Só leio a terra. Mapas são uma língua que não conheço.*

É assim que o pisteiro me responde. Os seus modos são bruscos, quase grosseiros. Conheço o tipo de pessoa. Rudes no trato, mas excelentes na arte da caça. Há qualquer coisa, porém, que me faz pensar que Genito alimenta um ressentimento, uma mágoa contra mim dirigida.

— *Vou ter direito a arma?*

Não. Respondo nos mesmos termos lacónicos. O administrador tenta quebrar o gelo exclamando com despropositado entusiasmo:

— *O nosso caçador tem uma explicação para os ataques dos leões. Explique lá ao camarada Genito, ele precisa saber...*

Para mim era evidente: os camponeses tinham exterminado os animais pequenos, que constituem o alimento dos grandes carnívoros. Desesperados, estes passaram a atacar as aldeias. As pessoas são presas fáceis para os leões. Esta rutura na cadeia alimentar — foi este o termo que usei com alguma petulância — era a razão do pouco usual comportamento dos leões.

— *Porcos* — sentencia o pisteiro, enfrentando-nos.

Num primeiro momento pensei que nos insultasse.

— *A culpa é dos porcos!* — repete.

O escritor ainda ergue o rosto para dizer que não entendia. Mas logo desiste: não entender passou a ser a sua atividade mais bem-sucedida desde que chegou a Kulumani. Genito Mpepe conclui, então:

— *Foram os porcos que ensinaram o caminho aos leões.*

Os porcos selvagens visitavam os quintais, atraídos pelas culturas em redor das casas. Os leões seguiram o seu rasto e invadiram, assim, um espaço que nunca antes tinham ousado transpor.

✳ ✳ ✳

Mais tarde, enquanto arrumo os meus pertences, surpreendo o escritor a espreitar o meu diário. Não interfiro. Deixo que os seus dedos vorazes folheiem o pequeno caderno. Em vez de me arreliar, porém, aquele interesse me enche de inesperada vaidade. Afinal, o próprio artista reconhecia valor nas minhas artes?

Não sei — nem nunca saberei — o que Gustavo pensa do que vai lendo. Sei que, a um certo momento, as suas mãos estremecem e um brilho se acende no seu olhar.

✳ ✳ ✳

Os papéis tremendo nas mãos de Gustavo transportam-me para a minha infância. Revejo o dia em que Rolando foi obrigado a conferir o verdadeiro conteúdo das missivas que a mãe eternamente redigia. E meu pai, braços cruzados sobre o peito, em espera de supremo juiz. Na verdade, também eu me perguntava: as cartas que Martina redigia eram fiéis ao que o pai ditava?

Aconteceu daquela vez: o meu pai suspendeu o ditado e ficou calado durante um tempo.

— *Então?* — perguntou a mulher, vendo-o absorto.

— *Não acredito que você obedeça ao que lhe mando escrever* — disse ele, avançando resolutamente sobre a esposa.

Com brusquidão, Henrique Baleiro arrancou a carta das mãos da mulher. Virou e revirou a folha junto ao rosto como se olhasse através do papel. Para mim, era a prova de uma antiga suspeita: o meu pai não sabia ler.

— *Rolando, meu filho, venha cá.*

O mano ergueu-se, tremendo da alma aos pés. O nosso velho estendeu-lhe o caderno, olhos fixos no seu primogénito.

— *Leia alto o que está aqui escrito.*

Arregalados, os olhos de Rolando pareciam não lograr foco. As linhas dançavam-lhe nas mãos trementes. A voz presa num novelo, sem ponta por onde deslaçar.

— *Leia!*

— *Onde, pai?*

— *Leia. Leia qualquer parte.*

O olhar de minha mãe era uma reza. Rolando fixou-me com espanto e terror. Depois, inspirou fundo e nem o reconheci quando a sua voz pairou na sala:

— *Meu querido Henrique, meu amado marido...*

— *Vá, continue..*

— *... meu único amor da minha vida.*

Fixei o rosto da mãe e vi a tristeza, a tristeza de toda a humanidade.

✳ ✳ ✳

Não tarda que tenha início a festa de receção anunciada para o centro da aldeia. O escritor quer ganhar tempo e aproveitar a hora que ainda falta para falar com testemunhas, recolher depoimentos. Acompanho-o. Seguimos à deriva, por meio dos atalhos de Kulumani. Passo militar, caminho à frente, espingarda a tiracolo. O escritor, mais uma vez, pergunta sobre a utilidade da arma, em pleno dia, em plena aldeia.

— *Os bichos distinguem de outra maneira dia e noite, mato e aldeia.*

Avalio agora a dimensão do povoado. As palhotas estendem-se para além do rio e atapetam a encosta na outra margem. A aldeia cresceu desde a última vez que aqui estive. São certamente refugiados de guerra, estes que se instalaram na margem do Lideia.

Os aldeões saúdam-nos, dando-nos prioridade nos estreitos caminhos. Alguns parecem recordar-se de mim. E vou distribuindo simpatias:

— *Umumi?*

— *Nimumi* — respondem-me alegremente, espantados que os esteja saudando na língua local.

Sorriem. Mas o riso logo se afunda num olhar de apreensão. Estes homens estão irmanados por uma mesma fragilidade: vivem condenados, à espera do golpe final. Durante séculos existiram à margem do mundo. Por isso suspeitam do súbito interesse pelo seu sofrimen-

107

to. Essa suspeita explica a reação de um camponês quando Gustavo anuncia a intenção da entrevista:

— *Querem saber como morremos? Mas nunca ninguém veio saber como vivemos.*

Cães esquálidos cruzam os caminhos como errantes sombras. No entanto, esses cachorros, esquivos de início, rendem-se à menor carícia e aconchegam-se à nossa mão como se tivessem saudade de ser gente. O escritor chama-os, quer dar-lhes festas. As pessoas olham-no com estranheza: não se espera que acaricie os cães, muito menos que fale com eles. Estes animais domésticos não recebem palavra, nem réstia de alimento: comem apenas o que caçam, para não ganharem familiaridades existenciais.

***

Por baixo da mangueira juntaram-se, num ápice, dezenas de curiosos. Incrível como um lugar deserto se enche subitamente de gente que parece emergir da areia. Olho com cinismo para aquele comércio de interesses. O escritor é uma ave de rapina: pede relatos da guerra. Os aldeões esperam alguma benesse. Um donativo, no linguajar local. Como pode alguém criticar-me pela minha atividade profissional? Sou um praticante da caça? Pois, o escritor é um necrófago. Embarcou nesta viagem para debicar desgraças, por entre sobreviventes cujo luto é o silêncio.

Raspar as feridas do passado: é isso que Gustavo executa ao esgravatar memórias da guerra civil.

— *Do que mais se lembram do tempo de guerra?*

— *Não há nada a lembrar, meu senhor* — diz um camponês.

— *Como não há?*

— *Todos voltamos mortos da guerra.*

Desvio o rosto. Não quero que se veja a vingança florindo no meu sorriso. Nenhuma guerra se relata. Onde há sangue, não há palavra. O escritor está a pedir aos mortos que mostrem as cicatrizes.

No momento, ocorre-me que é isso que me apraz na caçada: regressar para além da vida, isento de ser pessoa.

* * *

O cego que nos perseguiu na noite da chegada também está na roda dos entrevistados. Num certo momento, apoia-se nos ombros de quem estava à sua frente e saúda-nos com uma aparatosa continência. Continua descalço, envergando o mesmo camuflado militar.

— *Que exército o senhor serviu?* — pergunta o escritor.

— *Servi todos* — responde prontamente. Apontando na minha direção, acrescenta: — *E lembro bem da voz daquele senhor.*

— *Não é possível, a minha voz?*

— *Desculpem, não quero ofender, mas queria perguntar: por que razão chamaram um caçador? Deviam chamar-me a mim que sou soldado.*

— *Não entendo* — argumenta o escritor. — *O que é que isto tem a ver com soldados?*

— *Você não está a ver? Isto, meu senhor, isto não é uma caçada. Isto é uma guerra.*

A guerra é que explicava a tragédia de Kulumani.

Aqueles leões não emergiam do mato. Eles nasceram do último conflito armado. Repetia-se, agora, a mesma desarrumação de todas as guerras: as pessoas tornaram-se animais e os animais tornaram-se gente. Durante as batalhas, cadáveres foram deixados no campo, nas estradas. Os leões comeram-nos. Naquele preciso momento, os bichos quebraram o tabu: começaram a olhar as pessoas como presas. O cego, enfim, encerrou o longo discurso:

— *Já não somos donos, nós os homens. Agora, eles mandam no nosso medo.*

Depois discorreu com eloquência e sem interrupção:

— *Aconteceu o mesmo no tempo colonial. Os leões fazem-me lembrar os soldados do exército português. Esses portugueses tanto foram imaginados por nós que se tornaram poderosos. Os portugueses não tinham força para nos vencer. Por isso, fizeram com que as suas vítimas se matassem a si mesmas. E nós, pretos, aprendemos a nos odiar a nós mesmos.*

O velho falava como se discursasse, pleno de certeza. Naquele momento, ele era um soldado. Uma imaginária farda cingia-lhe a alma.

***

O escritor sabe: a verdadeira entrevista acontecerá durante o encontro de receção marcado para o almoço na *shitala*, o alpendre no centro da aldeia. É nesta sombra que habitualmente se reúnem os homens. As mulheres estão excluídas. Não ousam sequer passar perto daquele espaço coberto. Florindo Makwala preferia que fosse num outro lugar, mais moderno, menos comandado pela tradição. Mas o escritor insistiu: de uma assentada colocaria em confronto as mais diversas interpretações sobre os ataques dos felinos.

Quando, por fim, desembocámos no alpendre, o administrador ainda não tinha chegado. Cumpria os protocolos do poder: ele era o esperado. Os mais velhos erguem-se para nos dar boas-vindas. Quando me cumprimentam fazem com que a mão esquerda suporte o cotovelo direito. É uma deferência, um sinal de respeito. Querem dizer-me que o meu braço é «pesado».

Por fim, aparece Florindo Makwala, acompanhado pelo seu guarda-costas e um secretário que segura uma pasta. Um camponês idoso ergue-se, com reservado respeito, e recebe o administrador com as seguintes palavras:

— *Nunca o vimos aqui, nesta* shitala. *Bem-vindo ao umbigo da aldeia. Sente-se, mas saiba que aqui falamos nós primeiro...*

— *Muito bem* — admite o administrador. — *Depois, no final, eu encerro a sessão...*

O velho espera que Florindo se instale e, de imediato, nos confronta, a mim e a Gustavo, mãos nas ancas:

— *Por que nos estão a visitar?*

— *Não vos informaram?* — admira-se o escritor.

— *Queremos saber por que nos escolheram a nós.*

— *E qual é o problema?*

— *Os outros, das outras aldeias, que não foram visitados, queixar-se-ão. Seremos vítimas dessa inveja, e nós, que já estamos a morrer, vamos morrer ainda mais, por vossa culpa.*

— *Não podemos visitar toda a gente* — argumento eu, juntando-me aos esforços de Gustavo Regalo. — *E que conversa é esta? Estão a morrer pessoas, todas as semanas há mais uma vítima.*

111

— *O tempo não tem corrida. As pernas do tempo estão em nós mesmos. Além disso, agora é que vão morrer ainda mais pessoas. Visitando Kulumani, vocês estão a chamar os leões matadores.*

— *Se vocês não me querem, vou-me embora* — afirmo, levantando-me da cadeira. — *Hoje mesmo regresso à capital.*

O administrador ergue, em aflição, os braços e dá ordem para que todos se sentem. Fala à assembleia, depois, em shimakonde. Percebe-se que quer corrigir eventuais mal-entendidos. Faz-se silêncio. O velho agitado acaba sorrindo e dirige-se a nós em português:

— *Pronto. Vamos comer, primeiro. Depois conversamos, que, de barriga cheia, fala-se melhor.*

Oferecem-nos um prato de farinha de milho cozida, que aqui se chama *shima*. Nacos de cabrito enchem um enorme panelão colocado no centro. Estão ali os pedaços do bicho: a cabeça, as patas, a carne, os chifres. Fico-me pela farinha regada com um molho cuja natureza prefiro desconhecer.

— *Não faça cerimónias* — encoraja-me Makwala —, *esse cabrito foram vocês que ofereceram à população.*

Servem-nos *lipa* e *ugwalwa*, bebidas fermentadas, e não cometo a indelicadeza de não aceitar, embora apenas molhe os lábios. Antecedendo a refeição, fizeram circular uma bacia de água morna para lavar as mãos. Na ausência de pano, deixei a água escorrer pelos braços descaídos. Comemos em silêncio. Escuta-se o febril mastigar da carne. Só quando os ossos, já limpos, regressam à panela, é que alguém nos dirige a palavra. O velho tinha razão: o ambiente tornou-se menos tenso, há risos e dizem-se piadas. Perguntam-nos, a mim e a Gustavo, se temos mulher. Perante a resposta negativa todos se entreolham.

— *Nenhum dos dois é casado?!*

De súbito, se reinstala a suspeição: tão homens e tão solteiros? Só podíamos ser feiticeiros, só eles permanecem solitários a vida inteira.

— *Desculpem duvidar, mas os senhores vivem na ideologia de Deus?*

O idoso volta à carga. Comenta o facto de nos termos recusado servir da panela grande. Quem, neste mundo, nega semelhante convite?

— *Enganam, irmãos. Esses, brancos, comem carne todos os dias. É essa gula que vai acabar com o mundo.*

— *O problema* — corrige um outro camponês — *não é o que eles comem, mas como comem.*

— *O que quer dizer?* — pergunta Gustavo.

— *Vocês comem sozinhos. Quem faz isso são os feiticeiros.*

E o homem amassa com a mão um naco de *shima*, passa-o demoradamente no esparregado de couves e deixa-o pingar antes de o levar à boca.

— *Os que comem sozinhos escondem alguma coisa. Pode ter a certeza, senhor caçadeiro, não somos nós que estamos a receber-vos mal. Vocês é que chegaram mal.*

— *Esqueçamos tudo isso* — proclama, conciliatório, o escritor. — *O que eu quero perguntar é o seguinte: esses leões que apareceram são verdadeiros?*

— *Como verdadeiros?* — perguntam, em coro, os presentes.

Explicam a sua admiração: há o leão-do-mato que aqui se chama de *ntumi va kuvapila*; há o leão-fabricado a quem apelidam de *ntumi ku lambidyanga*; e há os leões--pessoas, chamados de *ntumi va vanu*.

— *E todos são verdadeiros* — concluem, em unanimidade.

Inesperadamente, uma voz feminina se faz escutar, herética e imprevista:

— *A caçada devia ser outra. Os inimigos de Kulumani estão aqui, estão nesta assembleia!*

A intervenção alarma todos os presentes. Surpresos, os homens encaram a intrusa. É Naftalinda, a esposa do administrador. E ela está desafiando as mais antigas das interdições: as mulheres não entram na *shitala*. E muito menos estão autorizadas a emitir opinião sobre assuntos desta gravidade. O administrador acorre a retificar o incidente:

— *Camarada primeira-dama, por favor, este é um encontro privado...*

— *Privado? Não vejo nada de privado, aqui. E não me olhem assim que não tenho medo. Sou como os leões que nos atacam: perdi o medo dos homens.*

— *Naftalinda, por favor, estamos reunidos aqui segundo a tradição antiga* — solicita Makwala.

— *Uma mulher foi violada e quase morta, nesta aldeia. E não foram leões que o fizeram. Já não há lugar proibido para mim.*

Evolui com arrogância entre os anciãos, sorri com desdém para o administrador e detém-se, por fim, à minha frente:

— *Você voltou a Kulumani, Arcanjo Baleiro? Pois dê caça a estes violadores de mulheres.*

— *Mamã, há que pedir a palavra* — adverte Florindo Makwala.

— *A palavra é minha, não preciso pedir a ninguém. Estou a falar consigo, Arcanjo Baleiro. Aponte a sua arma para outros alvos.*

— *Que conversa é esta, esposa?*

— *Fingem que estão preocupados com os leões que nos tiram a vida. Eu, como mulher, pergunto: mas que vida há ainda para nos tirar?*

— *Mamã Naftalinda, por amor de Deus. Temos uma agenda para este evento.*

— *Sabe por que não deixam as mulheres falar? Porque elas já estão mortas. Esses aí, os poderosos do governo, esses ricos de agora, usam-nas para trabalhar nas suas machambas.*

— *Maliqueto, por favor, leve a primeira-dama. Está a perturbar o nosso* workshop.

— *Uns poucos ficam ricos. Há mortos que trabalham de noite para que uns poucos fiquem ricos.*

Uma zaragata toma conta do lugar. De repente, já ninguém fala em português. Aquela zanga acontece num outro mundo. Num mundo onde, para se entenderem, mortos e vivos carecem de tradução.

Versão de Mariamar
(4)

A estrada cega

Uma palavra que não pode sair da boca acaba convertendo-se em baba peçonhenta.

Provérbio africano

Hoje a minha mãe informou-me que serve como empregada na casa do administrador, onde se hospeda Arcanjo Baleiro. Todos os dias ela se cruza com o meu caçador. Talvez faça de propósito, para me humilhar. Sem nada lhe perguntar, a mãe adianta:

— *Esse Arcanjo veio doente, a doença dos caçadores já entrou no corpo dele.*

Se a intenção é magoar, eu respondo fingindo desinteresse. Não quero saber. A minha nação já não é apenas a aldeia, nem sequer a minha casa: é este recanto solitário. O quintal onde estou confinada.

Contemplo as minhas pernas e penso como elas, agora, seriam dispensáveis. Tenho quase saudade de quando, há tempos, fiquei paralisada, como se os membros inferiores não falassem o mesmo idioma do restante corpo. É isso que hoje anseio: um idioma que o corpo não entenda e que apenas em sonho eu possa falar.

***

As pernas nascem na cabeça, todo o corpo começa na cabeça tal como os rios descem do céu. Adjiru Kapitamoro, meu muitíssimo avô, assim dizia e, ainda hoje, acho que ele tinha razão. As minhas pernas adormeceram quando a minha cabeça despertou. Um dia, tinha eu doze anos, tombei como um saco vazio aos pés da cama. Juntaram-se os parentes, Adjiru puxou meu pai pelo casaco:

— *Foi você, Genito?*

Acorri a responder, escudando o meu velhote. Que não havia culpa, nem se carecia de explicação. Eu apenas tivera pesadelos nessa noite, com visões que não ousava lembrar. Ergueram-me a pulso e voltei a desabar, sem amparo interior.

— *Logo agora, no meio desta guerra toda* — lamentou meu pai. — *Vai ser mais um peso, agora.*

— *Desde quando uma filha é um peso?* — inquiriu Adjiru.

Na infância, o corpo tem um serviço único: brincar. Mas não em Kulumani. Os meninos da nossa aldeia pediam às pernas que os fizessem fugir, à frente do fogo, mais velozes que as balas. Era o tempo em que as armas varriam as nossas povoações. Ao fim da tarde, o ritual era sempre o mesmo: empacotávamos os nossos haveres e escondíamo-nos no mato. Para mim, esse proceder era um jogo, uma diversão partilhada com as outras crianças. Num mundo de pólvora e sangue inventávamos silenciosas brincadeiras. Naquele noturno esconderijo aprendi a rir para dentro, a gritar sem voz, a sonhar sem sonho. Até ao dia em que a metade inferior de mim deixou de ser minha. E tombei aos pés da cama.

* * *

Depois da paralisia, era o avô Adjiru que, ao fim da tarde, me vinha buscar e me carregava a braços para o esconderijo na mata. Todos os outros já se tinham retirado, restava apenas eu e os objetos sem valor espalhados no chão da casa. Enquanto esperava os braços salvadores do avô, na solidão do quarto uma certeza se reforçava em mim: eu era uma coisa e seria enterrada como um objeto na poeira de Kulumani.

Eu, Mariamar Mpepe, estava duplamente condenada: a ter um único lugar e a ser uma única vida. Uma mulher infértil, em Kulumani, é menos que uma coisa. É uma simples inexistência. A culpa de eu ser assim, diziam, era de minha mãe. Hanifa Assulua tinha sido amaldiçoada. Por pressão dos padres católicos, a sua família recusou que ela fosse sujeita aos rituais de iniciação. Minha mãe era uma *namaku*, uma rapariga que não transitou para mulher. Tinha sido batizada na igreja, mas não tinha passado pela cerimónia dos *ingoma*, o ritual que nos autoriza a ter idade. Hanifa estava condenada a ser uma eterna criança.

***

Meu pai estava certo: depois do entorpecimento dos membros eu passara a ser um estorvo. Mas ele desconhecia que algo mais grave que a paralisia estava sucedendo comigo. É verdade que os ataques de fome tinham abrandado. Em contrapartida passei a padecer de insólitos acessos. Sucediam ao fim da tarde, antes que nos viessem buscar para os esconderijos dos bosques. Silência, só ela, sabia do que sucedia dentro do nosso quarto. Nesses ataques, segundo testemunhava minha irmã, eu me distanciava de tudo o que era conhecido: andava de gatas, com destreza de quadrúpede, as unhas raspavam as paredes e os olhos revolviam-se sem pausa. Fomes e sedes faziam-me urrar e espumar. Para aplacar as minhas raivas, Silência espalhava pelo chão pratos com comida e tigelas com água. Encurralada num canto, minha irmã, aterrorizada e em prantos, rezava para não mais me ver lambendo água e mordendo os pratos.

— *É um feitiço, só pode ser um feitiço* — suspirava ela.

Em desespero de causa, Silência reproduziu, à nossa porta, o mito da fundação da nossa tribo: enterrou no nosso quintal uma estatueta secretamente esculpida por meu avô. A lenda dizia que uma escultura de madeira, enterrada pelo primeiro homem na areia da savana, se convertera na primeira mulher. Esse milagre aconteceu no início do mundo, mas Silência rezou consecutivas noites para que, no nosso quintal, a madeirinha recebesse o sopro da vida.

A estátua nunca viria a ganhar alma, mas, de cada

vez que sentia que se avizinhava um ataque, Silência corria a trazer-me a pequena sentinela de madeira. Então, eu embalava a escultura como se fosse uma filha minha e, naquele balanço, cresciam em mim sossegos de mãe. Depois, gatinhando, transportava nos dentes, à maneira das gatas, a boneca que fantasiava como legítima filha.

✳ ✳ ✳

As minhas pernas podiam estar mortas, mas nunca fiquei prisioneira de mim mesma. Todas as manhãs as vozes da meninada irrompiam pelo nosso quintal.

— *Suba, Mariamar, suba-nos!*

A rapaziada revezava-se para me carregar às costas e levavam-me para longe de casa, em alegres correrias. Às cavalitas, como uma menina de colo, não havia folia que não experimentasse. Posso dizer, hoje: exerci a infância por delegação de outras crianças. Pendurada num qualquer pescoço, encavalitada num anónimo dorso, nem dei conta de quanto o meu peito se espalmava de encontro à transpiração dos rapazes.

— *As suas mamas, dessa maneira, nunca irão crescer* — avisava a mana Silência.

Os seios, em Kulumani, são um sinal: pelo seu volume as mães sabem quando devem sujeitar as filhas aos rituais de iniciação. O que para mim era um jogo inocente, para a aldeia era uma afronta. As mulheres viam-me às costas dos rapazes e, apoquentadas, viravam a cara. É nessa posição, às cavalitas, que as madrinhas, as chamadas «*mbwanas*», transportam para as cerimónias as meninas que se vão transmutar em mulheres. Era isso que as mulheres não me perdoavam: eu antecipava e desarrumava um momento que se queria recatado e sagrado. Filha e neta de assimilados, eu não cabia num mundo guiado por arcaicos mandamentos. O meu pecado tornava-se mais grave por causa dos tempos de crise que vivíamos. Quanto mais a guerra nos roubava certezas, mais carecíamos da segurança de um passado feito de ordem e obediência.

***

Certo dia, um grupo de rapazes foi à Vila de Palma e roubou um caixão sem uso. Trouxeram-no de noite e disseram-me:

— *Essa é a tua padiola.*

A partir daí passaram a carregar-me para todo o lado dentro desse caixão. Sentada nesse andor, via as pessoas se imobilizarem para me dirigir respeitos que nunca ninguém antes me brindara. Embalada por aquela unânime veneração, declarei:

— *Mãe, eu quero viver para sempre num caixão.*

Toda aquela deferência acabou, porém, por me impedir de entender que tudo aquilo era, afinal, uma vaidade triste: era preciso deixar de existir para notarem a minha existência. Deveria sentir saudade desse outro alpendre vivo onde brincara: as costas dos outros meninos. Mas não. Balançando em cima do meu improvisado trono, vaidades de rainha me enchiam o peito:

— *Agora é que me vão crescer as mamas!*

— *Não queira crescer, mana, não queira ser mulher* — advertiu Silência.

✳ ✳ ✳

Um dia o caixão amanheceu todo despedaçado. Quem o quebrou foi o avô Adjiru Kapitamoro. Inesperadamente, o nosso mais velho avançou pelo pátio e escavacou a caixa de madeira. Ainda o ouvi berrar com os meus pais:

— *Como é que autorizam uma brincadeira destas? Por amor de Deus, é uma criança...*

Lembro que chorei diante das tábuas quebradas. Ao ver-me escavar furiosamente na areia, Silência ainda acreditou que eu procurava a estatueta que ela plantara no quintal. Mas a cova tinha outra finalidade:

— *Estou a enterrar o meu caixão.*

✳ ✳ ✳

Tudo isso aconteceu antes dessa inesquecível manhã em que, sapato posto e cabelo alinhado, o meu avô me levou a sair. Nem muito ele se explicou. Apenas as enigmáticas palavras: *vai receber as águas de Deus.*

Estava habituada às suas extravagâncias. Tinha sido ele que, ainda eu em estado artesanal, me concedera este meu definitivo nome: Mariamar.

— *Não te dou apenas um nome* — disse. — *Dou-te um barco entre mar e amar.*

Foram essas as suas palavras no meu segundo batismo. E disse mais: que eu não precisava de nenhum ritual para ser mulher. A mulher que eu ia ser já estava dentro de mim.

✳ ✳ ✳

Essa manhã em que Adjiru me veio buscar, essa manhã estreava um dia de acontecer o mundo. Num instante, os preparativos da saída se cumpriram: um pente de madeira arou em meus bravios cabelos e os meus pés se espremeram de encontro a uma improvisada calçadeira.

— *Já calçou os sapatos?* — conferiu o avô.

Calçar, para quê? Há muito que os sapatos eram, em mim, simples decoração.

— *Os meus pais sabem onde vamos?*

— *Não tenha medo, sou o seu primeiro avô.*

E foi debitando conversa enquanto me ajeitava o cabelo.

— *Dê-se a bênção, neta. Você vai receber o milagre.*

— *Qual milagre, avô?*

— *Vai voltar a andar.*

Fosse doença, fosse maldição, ele não podia ficar resignado vendo-me descer à condição dos bichos. Respirou fundo, antes de proclamar:

— *Há um provérbio nosso que diz assim: «Se fores capaz de falar, tu és capaz de cantar; se fores capaz de caminhar, tu podes dançar». Pois tu vais cantar, tu vais dançar, minha neta.*

Olhei para o seu braço como se fosse a continuação de mim. E, de facto, era. Como podia eu alguma vez cortar o meu segundo cordão umbilical? Alheio aos meus pensamentos, levando-me num carrinho de mão,

126

Adjiru Kapitamoro cruzou a aldeia com vaidades de quem estivesse inaugurando a praça.

Perfilado à porta da igreja, esperava o padre Manuel Amoroso. O missionário português era o único branco que conhecíamos. O homem se distinguia não pela cor da pele, nem pela língua que falava, nem pelas vestes que envergava. O que o diferenciava era não ter mulher que lhe fosse vista. Nem filhos que lhe seguissem os passos.

— *Adjiru Kapitamoro!* — anunciou o padre, floreando cada sílaba, como se trauteasse uma alegre canção.

— *Sou eu, meu padre.*

A voz do avô pela primeira vez me pareceu frágil, em busca de amparo. Olhei-o em contraluz como para confirmar a sua estatura. E respirei, de novo: por trás da sua imagem se erguia, soberana, a torre da igreja. Ali começavam os verticais caminhos para o firmamento. Ficar junto de Deus me pareceu, então, um esforço de alpinismo. O convite da igreja não era o de entrar: era o de subir.

Demorei a acomodar-me à luminosidade do interior. Depois me fui rendendo: nunca tinha visto casa com tanta parede. A mesma cruz pendurada no peito de Amoroso reinava, ampliada, no centro do edifício. Sobre a madeira do crucifixo repousava o segundo branco deste mundo: de barbas, meio nu e coberto de feridas.

— *Ajoelhe-se perante Cristo* — ordenou Amoroso.

— *Ela não pode, padre. Esqueceu-se por que é que ela veio para cá, para a Missão?*

— *Ajudemo-la. Ela tem que o fazer.*

Os dois homens suspenderam-me pelos braços para depois me largarem. Desmoronei como um pano mo-

127

lhado. Fiquei esparramada no chão de pedra e contemplei, desse ângulo, Amoroso e Cristo. Os dois brancos se pareciam: tristonhos e murchos como se a vida ocorresse sempre num outro, inacessível lugar. Cristo expunha as feridas, Amoroso exibia o seu olhar viúvo. Ambos nos chamavam para a grande família dos sofredores. Para a família dos que só em sofrimento se sentem próximos de Deus.

✳ ✳ ✳

— *Então, já decidiu sobre a minha menina?* — inquiriu o padre.

O pronome possessivo irritou o meu avô. Minha menina?

— *Essa minha neta será sempre minha, deixo-a por aqui um tempo, apenas até ela voltar a andar* — essas foram as suas zangadas palavras, à saída da igreja. — *Eu mesmo a virei buscar para a levar, pelo seu pé, de volta a nossa casa* — prometeu, enfático, o meu avô.

O sacerdote português pareceu não escutar. Contemplava, embevecido, o teto da igreja como se olhasse para além do que estava a ver. Ficou assim imóvel, sem reparar que Adjiru já se havia retirado. Estava satisfeito: numa região predominantemente muçulmana, a exibição de um milagre poderia render crentes e créditos. Sorrindo, disse-me:

— *O seu avozinho, quando morrer, vai direto para o céu.*

— *Meu avô não vai morrer nunca!*

Para mim, Adjiru Kapitamoro tinha o viver da árvore: sendo chão, já era pertença do céu.

* * *

Durante os dois anos que passei na Missão, as visitas de meu avô eram o meu sol. Em certas ocasiões ele ficava calado olhando o horizonte. Outras vezes, ele queria saber se Deus me dava atenção.

— *E como estão as letras?* — perguntava.

— *Escrevo sempre, avô. Quer ler?*

— *Não, minha filha. Se eu leio, sabe o que sucede? Deixo de ver o mundo. Leia-me a história da rainha do Egito.*

Era o seu texto preferido. Eu já o sabia de cor e salteado. O avô fechava os olhos e eu recitava, sempre no mesmo tom:

Conta-se que Rá, o Deus Sol do Antigo Egito, cansado dos pecados dos homens, criou a deusa Sekhmet para punir aqueles que deviam ser punidos. E foi o que fez a deusa, dizem mesmo que com excessivo zelo. A vingança de Sekhmet passou a tombar também sobre gente inocente. Desesperados, os seguidores de Rá pediram ajuda ao deus, mas este não pôde ajudar. Então, os egípcios tiveram a ideia de fazer uma bebida da cor do sangue e embebedaram a deusa. Sendo assim ela adormeceu e voltou a ser recolhida por Rá.

Terminada a narração, o avô permanecia de olhos fechados. Depois, beijava-me as mãos, dizendo: *você é a minha deusa, minha neta.*

* * *

A constante presença de Adjiru na Missão dava-me sossego, mas engrandecia outras ausências. Certa vez, venci o medo:

— *Avô, diga-me: os meus pais estão tristes comigo?*

— *É que agora a guerra já é a tempo inteiro. É por isso que não a visitam. Todos saíram, apenas resto eu e mais uns como eu, desses que não contam.*

— *Não tem medo de ser morto?*

— *Sou tão magrito que nenhum tiro me acerta.*

Na realidade, lá fora cresciam disparos e explosões. O padre Amoroso era solicitado para funerais cada vez mais frequentes, cada vez mais distantes. A população de Kulumani, incluindo os meus pais, há meses que se transferira para Palma. Ficaram apenas Adjiru e os seus cinco irmãos. Estavam convencidos de que, por serem velhos, seriam poupados. Mas não era a idade que os salvava: eles pagavam pela sua segurança. Aquilo que caçavam era para dar aos soldados de um e de outro exército.

— *É assim, Mariamar* — lembrava Adjiru.— *Na guerra, os pobres são mortos. Na paz, os pobres morrem.*

***

Certa vez, o clã dos Kapitamoros trouxe à igreja o mais velho dos irmãos. O seu nome era Vicente e ele vinha ferido, esvaído, os pés desmaiados sulcando o chão. Amparado a braços, Vicente entrou no recinto sagrado sem distinguir um palmo na reinante penumbra. Estava cego. Foi ele, contudo, que conduziu os irmãos. Conhecia a igreja como as suas mãos. Ele tinha construído aquelas paredes que, agora, lhe davam acolhimento.

Sentaram-no no banco corrido de madeira, apoiaram-no ombro a ombro. Adjiru aproximou-se do sacerdote e disse-lhe, entre súplica e ameaça:

— *Esta é a casa de Deus, aqui ninguém pode morrer. Ouviu bem, padre Amoroso?*

— *Oremos, meu filho, oremos.*

Os Kapitamoros rezaram aos berros e nunca ninguém terá rezado naqueles despropósitos em frente de um altar. O vozear dos enlouquecidos irmãos era intimidatório: os divinos que se acautelassem caso não houvesse milagre.

No início, ainda se podia escutar o balbuciar do parente ferido. O que ele pedia era, porém, exatamente o contrário dos irmãos: o Criador que o deixasse partir, cansado que estava de sofrer. O que aconteceu, de seguida, foi a prova de que Deus não escuta os que mais gritam. Vicente Kapitamoro expirou sem que ninguém desse conta, os devotos dedos entrelaçados, cabeça tombada sobre os joelhos.

Esse incidente foi um golpe na fé de Adjiru. Dali em diante deixou de frequentar a missa. Ficava à porta da igreja e pedia aos irmãos para que entrassem e rezassem em seu nome. Que se deixassem passar por ele, que lhe levassem, de empréstimo, o nome e a alma, era assim que solicitava.

— *Somos parecidos, Deus não vai notar.*

Insatisfeito, o padre Amoroso fez as devidas contas. Estava desiludido com a atitude de Kapitamoro. Não podia, contudo, confrontar-se com tão eminente figura da aldeia. Deixou que os tempos lhe trouxessem inspiração. E os tempos trouxeram a Paz. Aos poucos, Kulumani retomou a animação que parecia perdida para sempre. Saravam-se feridas da História, refaziam-se harmonias perdidas. O missionário achou por bem aproveitar a onda de reconciliação e solicitou a Adjiru um encontro no pátio da igreja, para o fazer lembrar das suas sagradas obrigações.

— *Amanhã irei rezar a missa por alma do seu irmão Vicente.*

— *Meu caro senhor, com os devidos respeitos: eu não irei.*

— *E porquê não virá?*

— *Irei à matanga, a nossa cerimónia dos mortos.*

— *E como se vai explicar perante Deus?*

— *Eu explico-me perante Nungu, o nosso Deus. Com o devido respeito.*

Durante anos fora criticado por se aproximar da Missão e se converter ao catolicismo e, nas palavras dos de Kulumani, se ter tornado num *vamissau*. Em sua própria defesa, argumentara: *os outros têm o batuque, eu tenho a Bíblia.* No início, Adjiru ainda mantinha um propósito nessa aparente conversão: devolver os tambores para as mãos de Deus, fazer o sagrado livro dançar. Foi por isso que ensinou Mariamar nas artes da dança. Todavia, agora deixara de haver qualquer propósito.

Fazendo apelo à divina inspiração, Amoroso foi desfiando um longo rosário de argumentos. A mão de Deus, disse ele, é a de um guia cego. O que essa mão pretende é que sejamos donos de caminhos. Mas os caminhos têm duração de estrela: quando os vemos já há muito que deixaram de existir.

— *Tudo isso são palavras. Que mão de Deus aponta o caminho da guerra, senhor Amoroso?*

— *Por que me chama de senhor? Por que já não me trata por «padre»?*

— *O senhor vive fechado. Veja o que se passa lá fora. E vai ver que, às vezes, os deuses morrem nas guerras...*

— *Como ousa falar assim em plena casa de Deus?*

— *Esta igreja fui eu que a fiz. Eu e os meus irmãos. Começámos a sua construção quando éramos ainda escravos.*

Fez uma pausa, mediu as palavras e acabou por desabafar, sem mágoa, como se estivesse entre amigos:

— *Devíamos, nesse tempo, ter atirado a igreja para o rio.*

— *Cruzes, credo!*

Em bicos de pés, a voz trémula de emoção, tudo no padre contrastava com a tranquilidade do avô:

— *Queria ver um milagre, Adjiru? Pois veja a sua neta* — e, falando para mim, ordenou: — *Mostre-lhe, Mariamar, mostre-lhe...*

Levantei-me e caminhei na direção de Adjiru. Bamboleantes as pernas, mas os passos firmes. O avô não pareceu surpreso.

— *Mariamar já anda, estou muito feliz. Mas eu pergunto: o senhor padre lhe ensinou a dar pontapés?*

— *Pontapés? Então isso ensina-se a uma menina?*

— *Exatamente, padre. Exatamente por ser menina é que ela deve aprender a dar murros, dentadas, pontapés...*

— *Essas não são palavras de um crente. Aqui ensinamos a amar o próximo.*

— *De quem mais nos precisamos defender é dos que nos são mais próximos.*

Ergueu-se e rondou à minha volta, as mãos percutiram no peito, a simular um tambor, e começou a ondu-

133

lar os braços. O avô sabia que o padre interditava que dançássemos.

— *Ainda dança, Mariamar? Ora mostre-me que ainda sabe levantar poeira.*

O olhar vigilante de Amoroso não me autorizava o balanço. Ensaiei uns desajeitados passos pela sala e, sem mais esperar, o avô ergueu o braço suspendendo a patética exibição. Em tom seco, ordenou:

— *Vá fazer a mala que amanhã venho buscá-la.*

No dia seguinte regressou, trazendo um carrinho de mão. Ainda lhe lembrei que podia caminhar por meus próprios passos. Perentório, apontou o tosco veículo e inquiriu:

— *Minha filha, você sabe que dia é hoje?*

— *Hoje?*

— *Você faz dezasseis anos hoje. Tem o direito de ser carregada.*

Montada nesse carrinho percorri a aldeia, escutando atrás de mim os desesperados gritos do missionário:

— *Mariamar já anda, é um milagre de Deus, é um milagre! Vai no carrinho, mas ela anda perfeitamente. Venham ver, que é um milagre!*

Espantada, vagueei o olhar em meu redor. Havia meses que eu não saía da Missão. Kulumani estava irreconhecível. Com o final da guerra, as pessoas tinham regressado à aldeia. A minha família também se reinstalara na nossa velha casa. E parecia terem-se multiplicado os habitantes. Uma multidão de vendedores enchia a estrada que nos ligava a Palma.

Em casa, apenas Silência festejou o meu regresso. Minha mãe estava peneirando arroz e ergueu o rosto, sem entusiasmo. Fui eu que falei, depois de um longo silêncio:

— *O avô diz que faço anos hoje.*

— *O avô inventa calendários. É por isso que ele ainda não morreu.*

— *Seja que dia for, é bom voltar. Voltar, agora que temos paz...*

Sem desviar os olhos da peneira, Hanifa Assulua reclamou, em surdina. Eu falava da Paz? Qual Paz?

— *Talvez para eles, os homens* — disse. — *Porque nós, mulheres, todas as manhãs continuamos a despertar para uma antiga e infindável guerra.*

Hanifa Assulua não tinha dúvidas sobre a condição das mulheres de Kulumani. Acordávamos de madrugada como sonolentos soldados e atravessávamos o dia como se a Vida fosse nossa inimiga. Regressávamos de noite sem que nada nem ninguém nos confortasse das batalhas que enfrentávamos. Esse rosário de reclamações a mãe desfiou de um só fôlego, como se fosse algo que havia muito queria dizer.

— *Por isso, minha filha: deixe lá na Missão essa conversa de Paz. Durante este tempo, você viveu lá, nós tivemos que sobreviver aqui.*

Acusava-me. Como se eu fosse culpada não apenas da sua solidão como da infelicidade de todas as mulheres. Atravessei o corredor com os pequenos passos da prisioneira que regressa à cela.

Diário do caçador
(4)

Rituais e emboscadas

Onde os homens podem ser deuses, os animais podem ser homens.

Cadernos do escritor

Hanifa vem chamar-me, alta noite. Está tão alarma-
da que desato a segui-la sem mudar de roupa. Camise-
ta larga escondendo os joelhos, pareço um incompeten-
te fantasma.

— *Os leões chegaram a minha casa.*

Desde que anoiteceu eles rondam a aldeia. Hanifa
tinha-os escutado ao longe.

— *Não ouvi nada* — confesso.

A mulher não tem dúvida. São uns três e caminham
na direção da aldeia. Não os iríamos escutar de novo. À
medida que se aproximam vão-se tornando mais caute-
losos. Carrego a arma e saio para o quintal, medindo o
escuro e o silêncio. Hanifa segue atrás de mim. O escritor, engelhado de medo, fecha o cortejo. Num instante,
estamos no pátio da casa do casal Mpepe.

— *Não acenda a lanterna, senhor escritor* — pede a mulher, em surdina.

— *E como é que vejo onde piso?* — pergunta Gustavo.

— *Calem-se, os dois! E você, Hanifa, chame imediatamente Genito!* — ordeno.

— *Ele está a dormir.*

De súbito, Hanifa aponta para uns arbustos que se agitam e incita:

— *Dispare, são os leões! Dispare!*

O indicador sobre o gatilho torna-se tenso. Naquele arco de osso e nervo está a decisão dos deuses: apagar uma vida num deflagrar de relâmpago. Contudo, neste caso, o dedo, tremente, hesita. Essa demora é providencial: um vulto emerge da penumbra, mãos erguidas como um espantalho bêbado.

— *Não dispare, sou eu, Genito!*

O pisteiro tinha ido comprar aguardente na povoação vizinha. Ergue uma garrafa como prova.

— *Agora, vá para dentro, Hanifa. Sabe que não a quero aqui, de noite.*

— *A sua esposa alertou-nos* — justifica o escritor — *porque lhe parecia que os leões andavam por aqui.*

O pisteiro olha o mato de onde acabara de sair. Abana a cabeça, leva a garrafa à boca e serve-se generosamente. Confirma que a mulher retornou para casa. Senta-se no chão e convida-nos a beber com ele. Nenhum de nós aceita. Ficámos olhando as estrelas até Genito cortar o silêncio

— *Hanifa sabia que era eu. Ela sabia que era eu que estava a chegar.*

— *Não entendo* — diz Gustavo.

— *O que se passou aqui sabe o que foi? Uma emboscada.*
Hanifa quer matar-me.
— *Ora, que disparate…*
— *Ela pensa que sou culpado de coisas terríveis.*
— *Que coisas?*
— *São coisas nossas. Vocês sabem: aqui não há polícia,*
não há governo, e mesmo Deus só há às vezes.

＊ ＊ ＊

Em casa, tiro as balas da câmara da espingarda e pressiono, repetidas vezes, o dedo sobre o gatilho. Subsiste um intermitente tremor, mas no geral o meu corpo obedece com prontidão. Como sempre, demoro a conciliar-me com o sono. Olhos fixos no teto, revejo a última vista ao asilo psiquiátrico. Não me sai da memória a despedida de Rolando, as suas longas mãos ganham asas e rodopiam cegas pelo quarto. Demoro assim um tempo. Como dizem em Kulumani, a noite só termina quando se calam as corujas. Sem a presença destas aves, a noite fica sem teto. E existem, sem que eles mesmos o saibam, aqueles que espantam as agoirentas aves. A esses enxotadores de corujas devemos o despontar dos novos dias. As mãos de Rolando fabricam, para além da lonjura, cada uma das minhas insónias.

＊ ＊ ＊

O administrador entra, manhã cedo, nos nossos aposentos, apressado e furtivo, como se fosse perseguido por leões. Olha para a rua antes de fechar a porta, limpa a testa com um lenço e, depois, desaba no sofá de napa preta.

— *A minha esposa não me pode ver aqui. Está impossível, aquela mulher!*

Apressadamente, o homem explica as suas razões. Receava que tivéssemos uma impressão errada do que surgiu no encontro da *shitala*. O que ali se manifestou foi a inveja. O cancro da nossa sociedade, conforme disse. Foi exatamente esse cancro que conduziu à recente destituição de um seu adjunto na administração. A carreira de um veterano, quadro do partido, de seu nome Simão Mutapa, tinha sido sumariamente destruída.

— *Não querem ligar a ventoinha? Tenho o gerador ligado, a companhia mandou mais combustível...*

Uma ruidosa ventoinha é apontada na nossa direção. Ficamos um tempo entreolhando-nos, calados, aguardando que o administrador recuperasse o fôlego. De novo, volta às falas, para explicar que, antes de chegarmos, o povo já tinha inventado culpados para os tristes acontecimentos.

— *Culparam Simão Mutapa por essa maldição.*

Espalhara-se na aldeia o rumor de que a família Mutapa tinha poderes invisíveis. Era na casa de Simão, diziam, que se fabricavam os leões. De pouco valeu o esclarecimento, de pouco valeu as autoridades provinciais terem enviado uma comissão de inquérito. Mutapa abriu a casa e expôs a sua intimidade para provar a sua inocência. Vasculharam a residência, o quintal, o local de trabalho. Não encontraram nenhuma *mintela*, nenhum desses materiais com que se fabricam leões. Mas estava escrito que ele era um fazedor de leões.

— *E em que consistem essas* mintela? — quer saber o escritor.

Antigamente, as *mintela* eram apenas raízes, cascas e ossos. Agora, os artefactos mágicos incluem desperdícios da modernidade urbana: ácido da bateria de carro, caixas velhas de telemóvel, teclados de computador.

— *Deve ter havido uma razão para tanta suspeita* — insiste Gustavo.

O fundamento da suspeita era apenas um: os Mutapas acumulavam posses. Para qualquer um de nós, os bens daquele funcionário eram escassos, quase invisíveis. Uns poucos pés de cana-de-açúcar, umas tantas bananeiras e um alambique onde as filhas produziam *lipa*. Aos olhos da aldeia, porém, aquela riqueza era enorme e inexplicável. Num lugar em que ninguém pode ser alguém, Simão Mutapa acabou dando nas vistas. A vizinhança foi atiçada. E a vizinhança é como os remédios: é muito boa, mas só se apresenta quando há doença. Acusado de «fazer» leões, Simão foi espancado e ameaçado de morte. No dia seguinte, ele e a família desapareceram na estrada.

***

Naftalinda Makwala vem ter connosco, ao fim da tarde, para nos avisar de que algo se está a preparar na aldeia. E que ficássemos atentos, mas que não saíssemos de casa nem nos expuséssemos. Devíamos espreitar, sem sermos vistos.

— *Se saírem correm um perigo de morte!*

— *O que se passa?* — aflige-se o escritor, levantando a cortina da janela.

— *Escritor Gustavo? Saia daí! O senhor não pode assistir.*

A primeira-dama chama-me para um canto e coloca-se à minha frente, espremendo as suas generosas nádegas de encontro ao meu corpo. Daquela janela espreitaríamos a praça à nossa frente.

— *Os homens já estão a chegar. Fique aqui, junto de mim* — disse ela.

O ritual que precede a caça coletiva, o *kuyola liu*, está prestes a começar. A praça prepara-se para receber as duas dezenas de homens que, de madrugada, se irão lançar na perseguição aos leões. Como eu queria estar mais presente, quem me dera eu pudesse participar do ritual! Naftalinda entende a minha desilusão:

— *Você é como eu, que sou mulher: ficamos de fora. Faça-mo-nos companhia. Não estamos bem aqui, nesta sombra?*

Sombra? Dentro de casa reina a escuridão. Lá fora extinguem-se as últimas réstias do dia. O ritual foi convocado de emergência. Os chefes das famílias querem ser eles, os da terra, a afastar a ameaça que pesa sobre a aldeia. Não querem entregar-me a mim, um estranho, os louros dessa batalha contra as mais poderosas forças invisíveis.

Juntaram-se os homens de Kulumani e mais uns de outras povoações vizinhas. Cada um trouxe um arco, uma espingarda, uma catana, uma rede. Coletaram alimento e água que carregam em cantis e sacolas. Aglomeram-se no pátio em redor da *shitala* e parece não existir nenhum guião para o evento, nenhuma hierarquia entre eles. Enxotam os cães que começam a ficar excitados com a movimentação. Um jovem quer-se juntar ao grupo, é prontamente afastado. Ele não cumpriu os rituais de iniciação. Aos poucos, como se houvesse um oculto mestre-de-cerimónias, vão despontando cantos e ensaiam-se tímidos passos de dança. O corpo de Naftalinda não resiste e ela vai balançando as nádegas, cada vez mais espremida contra mim. Uma tontura me desequilibra. E se o administrador me surpreende naquele morno balanço com a sua esposa? De repente, um dos dançarinos exclama:

— *Tuke kulumba!*

É o grito de incentivo. Então, como que empurrados por uma invisível onda, os homens batem compassadamente com os pés no chão, uma nuvem de pó envolve os seus corpos.

— *Pronto, a poeira já se levantou!* — sussurra a primeira-dama, o rosto colado ao meu.

Agora, diz ela, *só me vem uma raiva, não posso mais ver este espetáculo.* E retira-se para as traseiras da casa, juntando-se a Hanifa que prepara uma refeição.

De repente, o administrador Makwala atravessa a praça. Vem acompanhado pelo agente policial. Vai gritando, enquanto sacode a poeira:

— *O que se passa aqui? É uma manifestação? Foi devidamente autorizada?*

Aproveito a ausência da primeira-dama e furtivamente escapo de casa, desobedecendo às rigorosas instruções de me manter oculto e recatado. O escritor segue atrás de mim, de máquina fotográfica a tiracolo. Juntamo-nos a Florindo Makwala, no centro da praça. Os aldeões suspendem a cerimónia e, em silêncio, observam-nos com animosidade. Está patente no olhar que nos lançam: somos intrusos, estamos contaminando o momento. De imediato, o escritor percebe que está fora de questão tirar fotografias. E basta uma palavra em shimakonde para despromover o administrador, incapaz de fazer mais perguntas.

Um dos caçadores separa-se do grupo e aproxima-se de mim para retirar uma bala da cartucheira que uso a tiracolo. Examina o projétil revirando-o entre os dedos. Depois pergunta:

— *Sabe quem fez?*

— *Quem fez a bala?*

— *Sim.*

— *Não se pode saber...*

Sobranceiro, o homem sorri. Depois ergue a lança à altura do rosto, fixa-me nos olhos e proclama:

— *Eu sei quem fez a minha arma.*

A seguir, roda sobre si mesmo, em acrobáticas piruetas, a cada volta tocando o chão com a ponta dos dedos. Colhe uma pedra do tamanho de uma mão fechada e levanta-a sobre a cabeça, desafiando, desta vez, o administrador Makwala. Fala para ele em shimakonde. O polícia vai traduzindo para mim:

— *Vocês podem vender isto tudo, o céu, a terra, as águas.*

Podem-nos vender a nós. Mas os espíritos não falam com dinheiro.

Mais uns saltos e o caçador volta a discursar:

— *Entre as pedras todas do mundo, há uma que não é terrestre. Essa é a pedra voadora.*

Com todo o ímpeto ele lança o seixo no ar, com tal ímpeto que ele se perde para além da copa das árvores. Todos sabem, aquele calhau nunca mais tombará no solo. Convertida em ave, a pedra guiará os aldeões na procura da presa. Depois de uma pausa, recomeçam as danças. O polícia adverte:

— *Não sei se vale a pena continuarmos aqui...*

Os homens começam a desfazer-se das suas roupas. Depois, sobre os seus corpos nus é vertida uma infusão feita de cascas de árvores. Essa poção os tornará imunes a qualquer acidente.

Espreito as traseiras da casa. De costas, Hanifa está ocupada a apagar o fogo da cozinha. Nenhuma fogueira pode estar acesa enquanto decorrem aqueles banhos. Apenas depois de terminarem as lavagens é que Hanifa e todas as mulheres voltarão a acender o fogo.

Durante um tempo os homens dançam e, à medida que rodam e saltam, vão perdendo o tino e, em pouco tempo, desatam a urrar, rosnar e sujar os queixos de babas e espumas. Então percebo: aqueles caçadores já não são gente. São leões. Aqueles homens são os próprios animais que pretendem caçar. Aquela praça apenas confirma: a caça é uma feitiçaria, a última das autorizadas feitiçarias.

Por fim, os homens partem em silêncio e assim, calados como uma formação militar, passarão o mato

147

a pente fino durante dias, sem pedir comida, água ou abrigo. Uma estranha quietude reina agora em Kulumani. Uma por uma, as fogueiras se reacendem nas palhotas.

✳ ✳ ✳

Extasiado, o escritor comenta:

— *Espetáculo inesquecível! Uma exibição telúrica, que pena não ter podido fotografar!*

— *Gostou?* — pergunta Naftalinda. O seu sorriso é enigmático, quase derrotado. E depois volta a inquirir:

— *Quantos homens estavam na cerimónia?*

— *Talvez uns vinte.*

— *Os outros eram doze.*

— *Os outros? Que outros?*

— *Os que mataram Tandi, a minha empregada. Eram doze. Alguns desses estavam aqui dançando à vossa frente.*

— *Mataram-na?*

— *Mataram a alma dela, ficou só o corpo. Um corpo ferido, uma réstia de pessoa.*

Relatou o que sucedera: inadvertidamente a empregada atravessou o *mvera*, o acampamento dos ritos de iniciação para rapazes. O lugar é sagrado e é expressamente proibido a uma mulher cruzar aquele território. Tandi desobedeceu e foi punida: todos os homens abusaram dela. Todos se serviram dela. A moça foi conduzida ao posto de saúde local, mas o enfermeiro não aceitou tratar dela. Tinha medo de retaliação. As autoridades distritais receberam queixa, nada fizeram. Quem, em Kulumani, tem coragem de se erguer contra a tradição?

148

— *O meu marido ficou calado. Mesmo quando o amea-cei ele nada fez...*

Não sei o que responder. Dona Naftalinda ergue-se e olha o caminho tomado pelos caçadores. Sem parar de atiçar o lume, murmura:

— *Não sei o que eles vão procurar pelo mato. Esse leão está dentro da aldeia.*

Já noite, o administrador passa por nossa casa. Está agitado, algo o assustou na cerimónia dos caçadores. Ele quer que se organize, de imediato, uma expedição. Urge que nos antecipemos e que sejamos nós a matar os leões.

— *Não pode ser essa gente, esses tradicionais, a levar a melhor.*

Florindo Makwala espera uma declaração minha, um compromisso de urgência. Contudo, apenas depois de ele sair é que me decido. Sob a trémula luz do petromax, inspeciono o meu equipamento enquanto, a meu pedido, o escritor se encarrega da viatura, do combustível e dos focos de luz. As minhas instruções para Gustavo são sumárias, num tom quase militar. Quando nos deitamos explico como que corrigindo os autoritários comandos:

— *Temos que resolver isto rapidamente. Não gosto do ambiente que se está a gerar.*

Manhã cedo, a luz ainda despontando, conduzo a viatura por esboços de trilhos.

— *Por que não levamos o pisteiro?* — pergunta o escritor, receoso.

— *Genito bebeu. Além disso, quero que tenham uma ideia da paisagem. Esta é uma viagem exploratória.*

— *Saberemos regressar?* —volta a perguntar Gustavo.

No banco de trás, o administrador não tem dúvidas: regressaremos sem dificuldade. Que ele, não sendo de Kulumani, já conhecia as redondezas. A esposa, Naftalinda, acusava-o de governar fechado na administração. Mas não era verdade.

Quase não escuto, ocupado a farejar pegadas.

— *Hanifa tinha razão, os leões andaram por aqui.*

A poucos quilómetros desembocamos numa dessas clareiras que são abertas para vigiar as machambas. No centro do descampado ergue-se uma frondosa árvore e, no bojudo tronco, encontram-se amarrados dois jovens, seminus, com vestígios de terem sido maltratados. Parámos e saímos da viatura para nos inteirarmos do que ali sucedia.

— *O que se passa?* — pergunta Florindo Makwala, exprimindo-se em português.

Os jovens olham para nós como se estivessem proibidos de falar. O administrador tenta o diálogo, desta vez em shimakonde. Em vão. Eles permanecem mudos. Paciente, Florindo insiste. Respondem acenando com a cabeça, sem nunca usarem da palavra. Makwala conclui, dirigindo-se para nós:

— *Estes desgraçados foram acusados de serem fabricadores de leões. Os caçadores amarraram-nos quando passaram por aqui esta noite. Mais tarde, ao voltarem, farão justiça.*

Quando lhes desatamos os pulsos, os moços permanecem imóveis, grudados ao tronco da árvore.

— *Podem ir* — encorajamo-los.

— *Para onde?* — pergunta, por fim, um deles.

— *Para onde quiserem, agora são livres.*

Não se movem. A mim parece-me que eles se incorporaram na matéria vegetal da árvore. Saímos dali e os condenados permanecem especados à sombra do medo. Ficarão ali à espera do regresso dos seus carrascos.

✳ ✳ ✳

Volto a conduzir por trilhos cobertos de capim. Parece-me que estou viajando numa canoa, entre vagas verdes que ondeiam até ao limite do horizonte. O jipe segue tão lentamente que nos despacharíamos mais céleres se caminhássemos.

No topo de uma colina, paro a viatura, retiro o chapéu da cabeça e faço de conta que vasculho os céus.

— *Estamos perdidos?* — pergunta Gustavo a medo.

— *Estar perdido é bom. Significa que há caminhos. O grave é quando deixa de haver caminhos.*

— *Pergunto se ainda é capaz de encontrar caminhos?*

— *Aqui, no mato, os caminhos é que nos encontram a nós.*

Atrás de mim escuto a risada de Florindo Makwala. No rosto do escritor está estampada a humilhação. Toda a minha palavra, todo o meu silêncio serve para o acusar: ele é urbano, não sabe lidar sequer com o chão que pisa. A verdade é apenas uma: naquele universo, até para andar Gustavo precisava de me ter como seu mestre.

✳ ✳ ✳

De regresso à viatura, o sol está agora no zénite e o calor faz nascer miragens no capinzal.

— *Fazia falta um whisky com gelo* — graceja Florindo.

Os dois trocam piadas de mau gosto. De repente, mando-os calar. Finjo escutar qualquer coisa que, a eles, lhes escapou. O tom grave assusta-os:

— *Fiquem quietos, não saiam do carro. Em nenhuma circunstância, ouviram?*

Agachado, arma pronta a disparar, faço de conta que vou escolhendo o mais silencioso piso e, aos poucos, extingo-me entre os arbustos. Depois não se escuta senão o silêncio, uma medonha solidão cerca os que me esperam no carro, paralisados pelo medo. Escuto-os a falar em voz baixa.

— *Será que ele ainda demora?* — pergunta Florindo.

A conversa a meia-voz que serve apenas para distrair a apreensão é subitamente interrompida. Porque decido disparar para o ar. Para criar ainda mais temor, irrompo em cena correndo, pulando sobre os arbustos, aos gritos para que fugíssemos dali. O escritor salta para o volante e, de imediato, o jipe arranca em velocidade alucinante.

— *O que aconteceu, Arcanjo?* — pergunta, tremendo, o escritor.

— *Não posso contar.*

O administrador mantém-se calado. Se não posso nomear o motivo do susto, então o que acabou de ocorrer escapa à razão humana. Chegados à aldeia, retiro-me sem palavra. Do quarto, escuto a conversa entre Florindo e Gustavo:

— *Que raio de coisa terá acontecido?*

— *Como posso saber?*

— *Já começo a padecer das crenças dessa pobre gente. Quem sabe ele viu uma coisa dessas...*

— *Uma coisa dessas?...*

— *Sim, por exemplo, a serpente coxa.*

O administrador é mais explícito: há na aldeia uma serpente que circula pelo silêncio dos tetos e pela lonjura dos caminhos. Essa peçonhenta criatura procura as pessoas felizes para as morder e as envenenar, sem que elas se apercebam nunca. Esta é a razão porque, em Kulumani, todos padecem da mesma infelicidade. Todos têm medo, medo da vida, medo dos amores, medo até dos amigos. Uns chamam a esse monstro de «diabo». Outros chamam-no de *shetani*. A maior parte, porém, chamam-no de «serpente coxa». O escritor interrompe a longa narrativa:

— *Desculpe, meu caro administrador, mas para mim, essa serpente somos nós mesmos.*

153

Versão de Mariamar
(5)

Uns olhos de mel

O murmúrio de uma moça bonita ouve-se melhor que o rugido de um leão.

Provérbio árabe

Os meus olhos de mel: foram eles que cativaram Arcanjo Baleiro quando há dezasseis anos nos visitou pela primeira vez. O caçador encontrou-me na berma da estrada e, sem saber, salvou-me das investidas de Maliqueto Próprio, o agente policial. Disso já falei. Mas não disse que Arcanjo tinha voltado, dias depois, para me fazer convites e promessas. Que iria levar-me para a cidade. E que seríamos tão felizes que perderíamos memória de tudo o que vivêramos antes.

— *Venha comigo* — insistiu o caçador. — *Vamos ser felizes juntos.*

Aterrada, recusei. O que ele prometia estava bem para além do que eu sabia sonhar. Espreitei em redor para saber se nos escutavam. Falávamos no terreiro da cozinha, nesse recanto onde as mulheres mais se esquecem de viver. Olhei o fogo eternamente aceso, a lenha

157

empilhada, as panelas deitadas de boca para baixo. Observei tudo aquilo como se não fosse obra de ninguém. Como se as brasas não fossem recolhidas da nossa cozinha para acender, num vizinho, uma outra fogueira. Como se não fossem mãos femininas a eternizar esse lume.

— *Não diz nada, Mariamar?*

Escutar já é falar. O caçador falava de coisas que eu não conhecia: a cidade, a felicidade, o amor. Como me sabia bem a sua fala, como me faziam mal as suas palavras! Não cedi, contudo, aos seus convites. Afinal, a felicidade e o amor se parecem. Não se tenta ser feliz, não se decide amar. É-se feliz, ama-se.

— *Vamos ser felizes, Mariamar.*

— *Quem lhe disse que quero ser feliz?*

Contemplou-me como se eu falasse uma língua que ele não entendia.

⁎ ⁎ ⁎

Nessa noite houve batuques e danças. No início, guardei-me imóvel, vendo os outros agitarem os corpos com sensualidade, o chão estremecendo como se os tambores estivessem rufando nas profundezas. Contive-me até que os meus pés entraram em combustão. Para me livrar desse fogo fui-me entregando, pouco a pouco, ao compasso da música, rodopiando no pátio enluarado. Vendo-me dançar, Arcanjo aproximou-se e me enleou pela cintura, convidando-me a rodar com ele.

— *Largue-me, caçador, aqui os dançarinos não se tocam.*

— *Não quero saber, eu danço da maneira que sei.*

Lembrei-me do que diziam os homens de Kulumani: ninguém caça com ninguém. Pois, dançar é como caçar. Cada dançarino toma posse do universo todo inteiro. Rodopiei sobre mim mesma, antes de o enfrentar:

— *Eu não danço consigo. Eu danço para si. Fique sentado e veja como me torno uma rainha.*

Submisso, obedeceu. A realidade, essa, deixou de me obedecer. Porque me vi dançando nua no pátio, rebolando no chão, pouco a pouco perdendo a humana compostura. Arcanjo tombou rendido, sem fala, sem gesto. Vê-lo assim, frágil e indefeso, me fez ser mais mulher. Murmurei doçuras ao seu ouvido e ele se dissolveu no meu regaço. Nem notámos que a fogueira se tinha apagado: um outro fogo se acendera dentro de nós.

Enquanto me vestia, anunciei o que Arcanjo tanto esperava:

— *Amanhã cedo venha buscar-me. Vou fugir consigo.*

— *Virei, sim. Antes de a aldeia acordar, passarei a buscá-la.*

Todos os sonhos que há para sonhar me visitaram nessa noite. Até amanhecer fiquei à porta do meu quarto, as mãos cruzadas sobre a mala pousada no colo. Nessa mala estava guardado o meu futuro. Dobrados e arrumados como se fossem roupa, aguardavam todos os meus devaneios e esperanças.

* * *

Nunca cheguei a desmanchar essa maleta. Porque, na manhã seguinte, o caçador não me veio buscar. Um esquecimento, pensei, para atenuar mágoas. Um peque-no lapso que Arcanjo retificaria mais tarde: voltaria a Kulumani onde, para encurtar demoras, a minha mala de viagem se mantinha intacta.

Aos poucos, como quem morre sem doença, sucum-bi ante a evidência: Arcanjo me abandonara. Um por um, os meus sonhos se foram convertendo num recor-rente pesadelo: por dentro do sono emergiam indistin-tas vozes:

— *Dombe! Dombe!*

Ao longe, para além da neblina, pessoas gritavam. Tomavam-nos por criaturas de raça branca. Essa a razão de nos chamarem de *dombe*, que é o nome que se dá aos peixes. Desde que aqui aportaram, há séculos, que os por-tugueses são assim designados. Desaguados nas praias, vindos do líquido horizonte, eles só podiam ter nascido no oceano. Que era de onde provínhamos nós, eu e Arcanjo.

Estendido a meu lado, inconsciente, o caçador pare-cia sucumbido. Aquele era o meu pesadelo: eu e Arcan-jo naufragávamos numa praia quando fugíamos numa canoa, rio abaixo. A corrente lançara-nos para além do estuário até nos depositar na rebentação, por entre des-troços espalhados pela areia.

Aos poucos, sombras emergiam das dunas, flame-jantes vultos acorriam em nossa direção. Vêm-nos salvar, pensava. Mas quando se debruçavam sobre nós o que faziam era roubarem-nos roupas e bens. A horda em fúria ia subindo de tom, nos compassados incentivos:

— *Dombe, dombe!*

— *Não nos matem, por favor não nos matem* — supli-cava eu, em pranto.

— *Vocês são peixes, vamos esventrá-los.*

— *Sou pessoa! Sou negra, vejam-me!*

Constatava, então, o ridículo da situação. Como pode alguém fazer prova da sua própria raça? Queria falar em shimakonde, não me ocorria uma simples palavra. De novo, os compassados gritos, como num ritual de execução. De súbito, uma visão emerge do fundo nebuloso: Genito Mpepe, catana na mão, comandando a ululante turba:

— *Dombe! Dombe!*

Era o fim. Meu pai prepara-se para catanear o meu amante. Ao meu lado, desfalecido, Arcanjo não dá conta do iminente perigo. Veloz como um relâmpago, a catana sulca o ar mas não chega a atingir a vítima. Inesperadamente, o corpo do caçador se liquefaz, onda após onda, até ser mar, nada mais que mar. Arcanjo salvava-se, no derradeiro instante, convertido em água. No sonho, também eu me entregava a esse último abandono, juntando-me ao destino do meu amado. Já que ninguém me vinha salvar, preferia dissolver-me numa outra substância.

O sonho me ensinou uma decisão: eu queria morrer afogada. Nunca quis nada tanto assim. Morrer na água é um regresso. Foi isso que senti ao ver o mar pela primeira vez: saudade desse ventre para onde, naquele momento, eu retornava. Saudade dessa morte doce, desse pulsar de um duplo coração, dessa água que, afinal, é todo o nosso corpo.

Queixava-se minha mãe, Hanifa Assulua, que, em Kulumani, nós estávamos enterrados. Era o contrário. Afogados, sim. Todos nós, já antes, estivemos afogados antes de nascermos. A luz que nos recebeu no parto foi a primeira praia onde desembocámos.

***

Esta noite o meu pai bateu à porta do meu quarto. Intrigada, entreabri a porta:

— *Vou com os visitantes para o mato. Amanhã vamos caçar leões.*

Nunca antes o meu pai se tinha despedido. Saía de madrugada, ninguém dava conta que partia. Desta feita, porém, olhou-me com olhos vazios, tocou-me no pescoço como fazia quando eu era menina.

— *Não me toque!* — reagi com violência.

— *Vim só dizer adeus* — murmurou, submisso.

Espantei-me por merecer aquela despedida. Em Kulumani os pais não dão atenção às filhas, poucas vezes falam com elas e nunca lhes entregam carícia, muito menos em público. O carinho é tarefa de mãe. Por que motivo, então, Genito Mpepe me dedicava aquele súbita e inesperada atenção? Me ocorreu, então: o que ali se passava não era apenas uma despedida. Era um pedido de desculpas. Genito Mpepe sabia que não voltaria da expedição. Ele se apresentava ali a pedir perdão. Pedia absolvição por não ter sido nunca meu pai. Ou mais grave: de apenas ter sido pai para não me deixar ser pessoa, livre e feliz.

É estranho quanto o coração mora na nossa cabeça. Durante anos, desejei e congeminei o seu fim. Fervorosamente rezei para que uma fera o devorasse, como veio a acontecer com Silêncio. Agora, porém, perante aquela súbita manifestação de humildade, eu sucumbia, assaltada por remorsos.

— *Pai, por favor, não vá nessa caçada!*

Olhou-me por cima do ombro, com assombro que, aos poucos, se foi vertendo em desamparada tristeza:

— *Por que me pede isso, Mariamar?*

— *É que eu sonhei, pai. Sonhei com o mar.*

Genito Mpepe era perito em pressentimentos. Essa capacidade de antevisão fazia dele um exímio pisteiro. O futuro esgueirava-se pelos seus sonhos e nenhuma surpresa, no dia seguinte, o podia assaltar. Como é que, desta vez, deixava escapar o que, para mim, era um evidente presságio?

— *Você só me pede isso, Mariamar, porque tem medo que eu mate o seu caçadorzito. Não é a mim que me quer proteger.*

— *Não vá, peço-lhe.*

— *Tenho que ir. Não posso voltar atrás. Esses homens já me pagaram.*

Virou costas e arrastou os pés, num caminhar contrariado. Demorou-se olhando o tronco do tamarindo. Fui eu que quebrei o silêncio:

— *Fiquei tão triste quando essa árvore morreu.*

O meu pai, então, revelou: quando fiquei doente das pernas foi a mãe quem me curou. Não foi a Missão, não foi o padre Amoroso. A mãe fez *takatuka* comigo. Transferiu a sua dor para aquela árvore que, depois, não suportou a carga e definhou. É nisso que consiste o *takatuka*: deslocar o mal de alguém para uma coisa. Foi isso que sucedeu comigo: Hanifa Assulua trocou as feridas da minha alma pela vida do tamarindo. Foi isso que me revelou meu pai, à despedida.

Diário do caçador
(5)

O osso vivo da hiena morta

Um exército de ovelhas liderado por um leão é capaz de derrotar um exército de leões liderado por uma ovelha.

Provérbio africano

O administrador está impaciente. A «Operação Leão», como ele passou a designar a caçada, demora a produzir resultados. Nesse ínterim, recebeu um ultimato dos seus superiores do partido. O investimento externo na região podia ficar em risco, caso não se resolvesse esse foco de tensão.

— *Ainda pensei forjar um relatório, a dizer que está tudo bem.*

— *Um relatório falso?*

— *É o que fazemos nós, os subordinados. Nunca dizemos que há um problema. Admitir que há problemas só traz problemas com os chefes. Todavia, Naftalinda leu esse relatório e ameaçou que denunciava publicamente a falsidade. Por isso, meu caro caçador, só há uma solução: apresse-se, mate-me esses leões.*

Pouco depois de Florindo se retirar bate à nossa porta

a respectiva esposa, a avantajada Naftalinda. Certifica-se que esteve ali o administrador. E depois chama-me de lado e sussurra ao meu ouvido:

— *Florindo está com pressa. Ele quer apresentar serviço. Já encomendou armas para distribuir por outros. Tenha cuidado, meu amigo. Há aqui gente que o quer matar.*

Nessa mesma tarde parto sozinho. Rumo pelas matas que ladeiam a estrada que conduz a Palma. Um pressentimento diz-me que aquela caminhada será produtiva.

* * *

O pressentimento confirma-se. A meia hora de caminho, em contraluz, a leoa surge na outra margem de um riacho seco. O animal não se dá por assustado, como se aguardasse esse encontro. Sem pré-aviso, lança-se ao ataque, e, num ápice, vence a distância que nos separa. Mais inesperado que a carga da leoa é o meu próprio grito:

— *Deus me ajude!*

Aquela desesperada invocação é o que me resta quando o gatilho da espingarda fica suspenso, à espera do crispar do meu dedo. Que maldição pesa sobre mim que, em vez de disparar, me ponho a encomendar a alma? Dentro de mim brigam o vaticínio da minha mãe e a herança do meu pai.

Mas eis que, de repente, a leoa suspende a carga. Surpreende-a, quem sabe, não me ver correr, espavorido. Está frente a mim, com os seus olhos presos nos meus. Estranha-me. Não sou quem ela espera. No mesmo instante deixa de ser leoa. Quando se retira já transitou de existência. Já não é sequer criatura.

***

Chego ao acampamento tão derrotado e vazio que me deito na varanda, disposto a dormir ao relento. Tive a leoa ao alcance de uma bala e falhei como se fosse um novato, tomado pela ansiedade. Não mereço um teto. Talvez os deuses me perdoem mais facilmente, assim humilde e exposto.

Não sou dos que, em aflição, se socorre dos céus. Rezar, só rezo enquanto durmo. Os sonhos são as minhas únicas orações. Deus que não leve a mal. É que apenas me sobra uma pequena e temporária alma. Apenas à noite esse espírito se acende, em delicado sussurro para que ninguém mais escute. Peço desculpa por esta despromoção para bicho. Ter alma, contudo, é um peso que, só morto, sou capaz de suportar. Foi por isso que amei tanto, em tantos enganados amores. É por isso que caço. Para ficar vazio. Isento de ser homem.

***

A sublime oportunidade falhada por minha culpa permanece obsessivamente na minha lembrança. A leoa continua enfrentando-me, medindo-me a alma. Há uma luz divina nos seus olhos. Ocorre-me o mais estranho dos pensamentos: que em algum lugar já havia contemplado aqueles olhos capazes de hipnotizar um cego.

Um doce cansaço amolece-me o corpo, sou atacado pela mesma dolência que faz as mariposas rodopiarem, tontas, em redor do petromax. Adormeço. E sonho. Sou o oposto do caçador tradicional que, de véspera, sonha o animal que vai matar. No meu caso, sonho-me a mim mesmo, ganhando vida apenas depois de ter sido morto por bravias criaturas. Essas feras são agora os meus monstros privados, a minha mais dileta criação. Nunca mais deixarão de ser meus, nunca mais deixarão de passear pelas minhas noites. Porque, afinal, sou eu o seu domesticado prisioneiro.

* * *

A velha igreja de Kulumani surge-me em sonho. Quando abro as ferrugentas portadas deparo com um padre branco. É português, o seu rosto parece-me familiar. É difícil imaginar que é um sacerdote. Os cabelos desgrenhados, a batina rota e suja, emprestam-lhe a aparência de um mendigo.

— *Entra, meu filho* — convida ele. — *O meu rebanho há muito que espera fervorosamente por ti. Arcanjo é o teu nome e foi Deus que te enviou.*

O meu olhar ajusta-se à penumbra: aqueles que o padre chamou de «rebanho de crentes» são, afinal, leões e leoas. Os felinos estão sentados com deferência e escutam com humana devoção a mensagem que o padre propala do púlpito. E juntos, crentes e padre, rezam para que eu leve a bom termo a minha missão: que acabe com os homens brutais que estão dando caça a inocentes leões. O padre ergue o cálice: *este é o teu sangue*, proclama. Lutando para se conterem, os leões inundam de saliva os bancos da igreja. Braços estendidos, a voz brigando para não se afogar entre os rugidos das feras, o missionário proclama:

170

— *Não vieste para matar leão nenhum. Tu vieste para matar uma pessoa!*

✳ ✳ ✳

Raio de sonho, penso ao acordar. Ponho o escritor ao corrente dos fantasmas que me atormentaram a noite. Gustavo sorri e comenta:

— *É curioso que sonhamos sempre com os mesmos bichos: leões, tigres, águias, serpentes. No fundo, queremos ser aqueles que nos podem devorar.*

✳ ✳ ✳

Manhã cedo, acompanhado pelo escritor e pelo pisteiro Mpepe, parto para os áridos descampados que se estendem a norte da aldeia. Os leões andaram por ali a noite passada. Tenho fé em que a perseguição seja fácil: no extenso areal se desenharão perfeitas as pegadas dos leões. Chamam àquele território de Kuva Vila. E está certo: o termo, em shimakonde, quer dizer vazio. O lugar é deserto, amaldiçoado. Dizem que nunca ali tombou chuva, distraída gota que fosse.

Não tínhamos andado muito quando deparámos, ao longe, com uma hiena solitária. Caminha como uma miragem contra o fundo indistinto do areal. O escritor tem dificuldade em detetar o animal. Depois, quando enxerga a presa, no seu rosto emerge a fulguração de um instante, o relampejar dos sentidos. Explico-lhe depois: este é que é o vício. Não é matar que me fascina. É esse encontro com o esquivo milagre, o fugaz e irrepetível

171

momento. De supetão, sou sacudido pela firme ordem de Genito Mpepe:

— *Dispare, mate-a!*

— *Matar uma hiena?*

— *Não vê? Ela traz alguma coisa na boca, parece um pedaço de uma perna.*

Temo que os meus dedos me desobedeçam uma vez mais. Desta feita, porém, a espingarda cumpre a sua mortífera natureza. Disparo certeiro e o bicho tomba, riscado do viver. Tudo aquilo, de chofre, causou-me estranheza. Por que razão tive, desta vez, acesso aos meus próprios dedos? A lembrança de minha mãe, suja do meu sangue, como se me parisse pela segunda vez, ressurge em mim. Escuto de novo a sua profecia: o meu destino não era ser caçador. Mas por que razão essa premonição se manifestaria apenas agora?

— *Grande tiro, caiu redonda!* — aclama o pisteiro.

A verdade, porém, é que, pela primeira vez, disparei sem nervo, sem alma: o tiro rasgou o silêncio sem que eu desse conta de ter pressionado o gatilho.

Quando me debruço sobre a presa confirmo que traz um osso na boca. Não é fácil soltá-lo das poderosas mandíbulas. Não há dúvida: trata-se de um fémur humano. O bicho tinha-o desenterrado, esgravatando nas funestas areias.

— *Sabe o que quer dizer isto?* — pergunta Genito.

— *Quer dizer que os leões mataram outra pessoa.*

Quando chegámos a Kulumani uma multidão aglomerava-se frente à administração. Tinham escutado o tiro e esperavam boas notícias. Logo se desiludem quando identificam a carga depositada nas traseiras da carrinha.

— *Essa hiena é de alguém* — sopra ao meu ouvido o cego de casacão militar.

Um consenso se instala de imediato: aquele animal não respondia a instinto. Cumprira, sim, um trabalho de encomenda. Ninguém, nem mesmo um bicho, anda focinhando pelo interdito chão de Kuva Vila. Sabia-se que ali, desde imemoriais tempos, nada se enterrava senão os restos imortais de antigos guerreiros. Das épicas contendas que se somaram no tempo: as guerras contra os *ngunis*, as guerras dos alemães, a guerra contra o exército português, a guerra civil e outras domésticas guerras que nenhum título mereceram.

* * *

Fica decidido que se levaria o fatídico osso a uma velha feiticeira chamada Apia Nwapa. Um osso não surge do nada. Mais grave ainda quando, como naquele caso, o osso surge exatamente do nada. Recuso a consulta aos espíritos. Não tenho tempo para aquelas distrações. Mas o escritor insiste que é vital aquela visita e que eu não me poderia furtar a acompanhar os cerimoniantes. Desse modo conseguiria outras bênçãos para o bom êxito da minha missão.

* * *

— *Vou pedir licença ao rio.*

A feiticeira inclina o sombreiro sobre o rosto e, nesse instante, ela própria se converte em sombra. Apia Nwapa está inchada de vaidade: gente estranha (incluindo um representante do próprio administrador) senta-se no seu terreiro.

A mulher recosta-se pesadamente no tronco do embondeiro. Pernas estendidas juntas, acomoda-se como se aquela fosse a sua igreja privada. Olha longamente para o escritor, para mim e para Maliqueto Próprio. Depois, volta a anunciar:

— *Para vos dar autorização para caçarem tenho que, primeiro, pedir licença ao rio.*

— *Ao rio?* — pergunto, impaciente.

— *O rio tem os seus mandos. No Lideia mora o* ngwena *maior. O senhor conhece bem esse crocodilo...*

— *Conheço-o?*

— *É o mesmo crocodilo que o senhor matou há muito tempo atrás.*

Não posso senão sorrir. *Ngwena*, o crocodilo? Eu já tinha licença de porte de arma, estava autorizado a matar os leões assassinos. Faltava-me agora aguardar pela sentença de um crocodilo imaginário? É o que pergunto, entre timidez e descrença. A voz de Apia é contida, mas ela já não escolhe as palavras:

— *Imaginário? O senhor duvida do crocodilo? Que raio de africano você é?*

— *Deixemos o meu assunto. Nós viemos aqui para a senhora identificar um osso encontrado na boca da hiena.*

Depositam a ossada a seus pés. Ela não se mexe, limita-se a contemplar à distância o resto do esqueleto. Fecha os olhos e aspira fundo como se apurasse o cheiro.

— *Este osso ainda está muitíssimo vivo. Esta morte foi encomendada.*

As ossadas são a nossa única eternidade. Vai-se o corpo, esmorecem as lembranças. Restam os ossos para sempre. Estes são os argumentos de Apia Nwapa: o que ali se apresentava não era apenas um fémur. Ao avesso, era a viva prova de uma vida de alguém.

— *Sim, mas de quem?*

— *A minha boca não aponta ninguém. Vocês sabem de quem.*

— *Viemos aqui para ouvirmos isto?* — pergunto, em desafio.

— *Vou então adiantar alguma coisa, o senhor é caçador, vai descobrir o que está por baixo das minhas palavras* — fez uma pausa e, de olhos fechados, acrescentou: — *Uma mulher deitada por terra, caiu mais fundo que a poeira. No fim, alguém vai engravidar de um esqueleto.*

A mensagem parece indecifrável, mas Maliqueto parece entender claramente o seu sentido. Já longe da casa da feiticeira chama-nos para a berma do caminho e esclarece:

— *Esse osso é de Tandi, a empregada do administrador, essa que foi violada...*

Os gritos na aldeia reiteram o luto: já se espalhou a notícia da nova vítima dos leões assassinos. Que tenha sido Tandi ninguém se surpreende. Depois de ser violada, a moça tinha-se convertido num *vashilo*, um desses seres sonâmbulos que atravessam as noites. Assim, exposta e solitária, ela se entregou à voracidade dos leões. Tandi tinha-se suicidado.

Quando me deito, ainda se escuta nas ruas o pranto das mulheres. Choram aquela que morreu. Mais do que a sua morte lamentam a sua vida breve, plúmbea e escassa. As derradeiras palavras da feiticeira ecoam em mim:

— *Lembre-se, caçador, não é você que prime o gatilho: o tiro acontece por vontade de um outro que, naquele instante, lhe ocupa o ser.*

Aquela foi, para mim, a única vez que Apia Nwapa disse a verdade.

✶ ✶ ✶

Na manhã seguinte passo a visitar Genito Mpepe. Bato palmas à entrada do quintal. Quem vem à porta é a esposa, Hanifa. O pisteiro, diz ela, está de ressaca.

— *O meu marido é um* kwambalwa — afirma. — *Podia dizer que era bêbedo. Mas o que esse homem é só pode ser dito na minha língua: um* kwambalwa.

— *O que se vê por aí, espalhados pelo quintal, são garrafões de bebida...*

— *Não se admire, meu senhor: sou eu que preparo esses garrafões, sou eu que lhe dou a beber.*

Para as mulheres de Kulumani, mais vale um bêbado que um marido. No seu caso, porém, a escolha é entre o cuspo da serpente e o hálito do demónio. A violência de Genito, quando sóbrio, acaba por doer mais do que a sua crueldade nos momentos de embriaguez.

— *Venha* — pede encaminhando-me por entre atalhos —, *venha ver como esse homem ainda dorme.*

Genito está enroscado numa esteira junto ao poço.

— *Parece um bicho* — comenta Hanifa. — *Às vezes peço a Deus que não acorde nunca mais* — confessa.

Sorrio, embaraçado. Sacudo a cabeça como que a aliviar a gravidade das suas declarações. Contudo, a anfitriã regressa à fala, com acrescido azedume:

— *Se ele não acordasse eu não teria que o matar.*

— *O que é isso, Hanifa?*

— *Esse homem deu-me quatro filhas mas tirou-me todas elas.*

— *Disseram-me que a mais velha foi morta pelos leões.*

— *Foi Genito que a matou...*

Naquela fatídica madrugada, Silência estava escapando de Kulumani, fugindo do regime despótico de Genito Mpepe.

— *Venha comigo ver a sepultura dela. É aqui mesmo, a uns passos.*

Vamos por um descampado até uma mata próxima. A sepultura está marcada por uma cruz de madeira e uma grande pedra de granito. Sobre a improvisada laje foram depostas flores silvestres. Algumas estão ainda frescas.

— *Lindas flores. São vocês que as trazem?*

— *Nós? Você é quem traz as flores.*

— *Eu?*

— *Todas as madrugadas você se ajoelha aqui e conversa com a falecida.*

* * *

Hanifa conduz-me de regresso a sua casa, uma dúvida atormenta-me o pensamento: como foi ela capaz de inventar que trago flores para Silência? Está louca, a mulher, penso.

No pátio ouço alguém tossir por detrás da paliçada de caniço. Quando me disponho a espreitar, Hanifa puxa-me pelo braço e faz-me sentar na única cadeira disponível.

— *Não é ninguém, são apenas os cães. Os que ainda não foram comidos pelos leões.*

A anfitriã retira da cozinha uma panela com batata--doce cozida e serve-a num prato de barro. Não tenho fome, mas não posso recusar. Em silêncio, partilhamos a comida.

— *Falo em matar Genito, mas é Kulumani toda que eu queria eliminar.*

— *Que raiva é essa, Hanifa?*

— *Nós estamos os dois aqui comendo juntos. Em Kulumani isso é interdito. Um homem comer junto de uma mulher? Só se o homem estiver enfeitiçado.*

— *Quem sabe eu estou mesmo enfeitiçado?*

De repente, ouço tombar a louça posta a secar sobre o telheiro. E vejo um vulto de mulher correndo a esconder-se por detrás da casa.

— *Quem é?*

— *Não é ninguém.*

— *Mas eu vi, eu vi uma mulher a esconder-se.*

— *É o que lhe dizia: uma mulher, aqui, não é ninguém...*

Ergue-se e, sem cerimónia, conduz-me para o pátio da frente. É um modo de me dizer que o tempo da visita está prestes a terminar. Quer oferecer-me uns pés de mandioca. Com gentileza, recuso. Antes de partir, ela toma-me as mãos e pergunta:

— *Vejo uma tristeza tão funda dentro de si. Que se passa?*

— *Nada. Não se passa nada. E por que pergunta?*

— *Por que razão o senhor perde tempo falando com uma velha negra e solitária como eu?*

Versão de Mariamar
(6)

Um rio sem mar

Sábio é o pirilampo que usa o escuro para se acender.

Provérbio de Kulumani

Na noite em que Arcanjo chegou, sonhei que era uma galinha definhando na capoeira de Genito Mpepe. As outras galinhas eram as minhas irmãs. Vivíamos no quotidiano sem história das aves desprovidas de voo. Aos nossos ouvidos chegaram, entretanto, notícias de que em outras capoeiras as galinhas se haviam convertido em abutres. E nós rezámos para que a mesma metamorfose sucedesse connosco. Como abutres ascenderíamos à liberdade dos céus e aos estonteantes voos nas alturas. O milagre, contudo, demorava.

Um dia, enquanto nos dava milho, o avô Adjiru explicou: não eram as redes do galinheiro que nos separavam da liberdade. O segredo da nossa submissão era um outro e morava dentro de nós: todas as manhãs Genito Mpepe nos hipnotizava. Bastava um dedo, balançando como um pêndulo frente ao bico, para que

183

mergulhássemos na imobilidade, alheias ao mundo. E quando uma de nós parecia despertar para a vida, o nosso dono colocava-lhe a cabeça debaixo da asa e, de imediato, ela regressava à eterna letargia.

✳ ✳ ✳

Esse sonho foi recorrente todas as seguintes noites. Era como se os sonhos me quisessem avisar de alguma coisa. Essa coisa, sei agora, é o medo. E tudo se torna claro: não foi por qualquer desfaçatez que Arcanjo me abandonou. O seu afastamento explica-se pelo medo. O que ele padecia era do arcaico pavor de que, sob a superfície do lago, se escondessem monstros. A suspeita de que, oculta na minha doce aparência, morasse a fera que o iria devorar. Esse era o receio de Arcanjo.

A verdade é que Arcanjo não fora feito para dividir o seu viver. A grandeza do caçador está na solidão. Os seus pânicos, as suas cobardias não têm testemunhas. Apenas a vítima sabe dessas fraquezas. Daí a urgência de o caçador se desfazer da presa.

✳ ✳ ✳

Há dezasseis anos atrás, quando Arcanjo Baleiro me olhou dançando na festa da aldeia, era já a incerteza que nele morava. O caçador tinha medo do que o meu corpo dizia, tinha medo de quem falava pelo meu corpo enquanto os batuques rufavam. Para ele, que não conhecia essa língua, só podiam ser forças obscuras. Os demónios falam assim, sem palavra, tudo dizendo na volúpia dos

184

corpos. Esse era o seu receio. Mas não eram demónios que me faziam estremecer o corpo. Eram deuses que dentro de nós, mulheres, falam e escutam. O receio de Arcanjo era o mesmo de todos os homens. Que regressasse o tempo em que nós, mulheres, já fomos divindades. Ao se enlear em mim, com a suavidade de brisa, Arcanjo queria proteção e graça dessas entidades. Os nossos deuses, porém, não eram os mesmos. Os dele dormiam dentro de livros. Os meus despertavam na música. Foi isso que o caçador não compreendeu. Eu não dançava. O que fazia era outra coisa: eu apagava o tempo e o peso, como cobra que se despe da velha pele.

✳ ✳ ✳

O que agora me sucedia nesta imposta reclusão, já antes me tinha acontecido. Há dezasseis anos, quando Arcanjo Baleiro se retirou da aldeia, prostrei-me na varanda vendo desfilar os dias. Sucedia comigo a mesma clausura que, num dado momento, ocorre com as borboletas. Eu migrava para um casulo, embrulhada no tempo e esperando que uma outra criatura emergisse de mim. Vendo-me vencida e acabrunhada, sob o alpendre da nossa casa, todos acreditavam que tinha retornado às minhas antigas paralisias. Mas eu estava vazia apenas na aparência. Porque sabia que, apesar de efémero, o amor de Arcanjo Baleiro gerara fruto. Esperei que a minha barriga se arredondasse e, no exato dia em que fazia dezassete anos, compareci perante a minha mãe, em triunfal afronta:

— *Achava que eu não era mulher? Ponha aqui a sua mão, sinta o que trago dentro de mim.*

Desfalecido na minha mão, o braço dela desabou antes mesmo de tocar o meu ventre.

— *Ouviu trovejar e já pensa que está a chover, Maria-mar? Pois há ainda muito nó na corda do tempo.*

— *Não percebo, mãe.*

Mentia. Eu sabia o que ela sugeria. As mulheres de Kulumani, em cada mês de gravidez, fazem um nó numa corda que é passada de geração em geração.

— *Nós somos mulheres* — disse ela. — *Fomos feitas para superar o sofrimento.*

Depois, mais nenhuma palavra: apenas um enigmático sorriso, quase roçando o desdém. Sem nada dizer, minha mãe raspava na velha ferida: eu era seca, a minha aridez não tinha cura.

— *Não me olhe assim, minha filha. Você sabe bem de quem é a culpa.*

Não havia dúvida: eu estava impedida de ser mãe por causa da pancada que recebera do meu pai. Até o enfermeiro confirmara as graves sequelas dos pontapés.

— *Há crianças que nascem e morrem dentro de nós* — afirmou Hanifa, colocando termo ao diálogo.

Palavras escritas no destino. Porque naquela mesma noite um pesadelo me transbordou do sono: dentro de mim, uma fera carnívora devorava o meu filho. O meu bebé mulato, meu menino impuro, natural da estrada, se extinguia como um sonho na obscuridade. Acordei estremunhada, lençol húmido: o sangue me visitava, avermelhando-me as coxas. Gritei, insultando minha mãe, clamando que estava parindo. Aquele sangue sobre o leito era ele mesmo uma criatura, um coágulo vivo, um sangue-gente.

— *Este é o meu filho, este é o seu neto* — gritei, mãos abertas pingando um vermelho espesso, à entrada do quarto de Hanifa Assulua.

✳ ✳ ✳

Hoje, sei: a história da minha infância não é senão uma meia verdade. Para desmentir uma meia verdade é preciso bem mais que a verdade inteira. Essa verdade enorme, tão vasta que me escapava, era apenas uma: não foram os castigos físicos que me fizeram estéril. Essa era a versão adocicada inventada por minha mãe. O crime foi outro: durante anos, meu pai, Genito Mpepe, abusou das filhas. Primeiro aconteceu com Silência. Minha irmã sofreu calada, sem partilhar esse terrível segredo. Assim que me despontaram os seios, fui eu a vítima. Ao fim das tardes, Genito migrava de si mesmo por via da *lipa*, a aguardente de palmeira. Já bem bebido, entrava no nosso quarto e o pesadelo começava. O inacreditável era que, no momento da violação, eu me exilava de mim, incapaz de ser aquela que ali estava, por baixo do corpo suado do meu pai. Um estranho processo me fazia esquecer, no instante seguinte, o que acabara de sofrer. Essa súbita amnésia tinha uma intenção: eu evitava ficar órfã. Tudo aquilo, afinal, sucedia sem chegar nunca a acontecer: Genito Mpepe desertava para uma outra existência e eu me convertia numa outra criatura, inacessível, inexistente.

Hanifa Assulua, minha mãe, sempre fez de conta que nada sabia. Que era invenção dos vizinhos, delírio de quem queria esconder as suas próprias mazelas. Quando as evidências a esmagaram, mandou-me chamar para, voz tremente, me perguntar:

— *É verdade?*

Não respondi, olhos presos no chão. O meu silêncio foi, para ela, a confirmação.

— *Maldita!*

Sem qualquer reação, fitei-a saltando sobre mim, agredindo-me com socos e pontapés, insultando-me na sua língua materna. O que ela dizia, entre babas e cuspos, era que a culpa era minha. Toda a culpa apenas minha. Bem que Silêncio já a tinha alertado: era eu que provocava o seu homem. Não se referia a Genito como «o meu pai». Ele era, agora, «o seu homem».

— *Vai para fora desta casa. Nunca mais a quero aqui.*

☆☆☆

Não cheguei a sair. Ao contrário, enclausurei-me entre paredes e nunca ninguém se internou tanto numa casa. Hanifa Assulua fez comparecer um feiticeiro e esse *uwavi* fez-me beber uma amarga poção. Durante um dia inteiro me servi de um pequeno pote de barro. No dia seguinte, o veneno tinha produzido efeito. Eu tinha sido convertida num corpo sem alma. Peçonhenta seiva, em vez de sangue: era o que nas veias me restava.

Minha mãe vingava-se: antes ela transferira a minha doença para a árvore do nosso pátio. Agora ela fazia *takatuka* ao inverso: deslocava a vida de mim para a árvore morta. O tamarindo, num instante, renasceu verde e altivo. Em contrapartida, converti-me em inanimada criatura. Um único sentido me restava: a audição. No resto, um antigo e congénito escuro me rodeava.

O que Hanifa Assulua pretendia era mais do que me eliminar fisicamente. Morrer era pouco. Havia que apagar o meu nascimento. Os mortos não estão ausentes: permanecem vivos, falam-nos nos sonhos, pesam-nos na consciência. O castigo que me estava reservado era o exílio absoluto. Não de Kulumani, mas o exílio da razão e da linguagem. Fui declarada louca. A loucura é a única ausência perfeita. Na insanidade mental eu estava visível, mas fechada; doente, mas sem ferida; magoada, mas sem dor.

Tentou o avô Adjiru salvar-me, ensaiou os seus próprios *mintela*. De nada valeu. Convocaram o padre Amoroso. Desta vez, porém, o sacerdote português nem ensaiou milagre. *Levem-na já ao hospital*, foi a única coisa que ele disse. Conduziram-me a Palma e o enfermeiro diagnosticou sem pestanejar: isto são coisas sem causas.

— *Com sorte voltará a andar.*

Fiquei internada um tempo na enfermaria sem vestígio de melhoras. A medicina desistiu de mim, mas não foi por isso que me trouxeram de volta a Kulumani. No Hospital de Palma permaneci, com menos vida e ainda menos companhia. Só depois entendi aquele adiamento do meu regresso. O avô Adjiru morreu por esses dias. Não quiseram que eu estivesse presente. Não para me poupar da despedida. Mas para que essa despedida demorasse a vida inteira.

* * *

No primeiro aniversário da morte do avô levaram-me a visitar a sua campa. O falecido tinha deixado expresso o desejo de me ver presente na cerimónia. Eu já regressara a casa, mas a minha condição não se alterara. Ninguém quis transportar-me naquele estado, estrada afora. Podia contaminar as viaturas. Optaram por me conduzir numa embarcação, rio abaixo, até ao bosque sagrado onde repousavam Adjiru e o bisavô Muarimi.

À força de braços passaram-me para o convés da embarcação. Nesse momento, o meu corpo resvalou e tombei, desamparada, nas águas do rio Lideia. Dizem que desapareci no leito fundo e permaneci imersa tempos sem fim. Quando, finalmente, me retiraram eu tinha no olhar o deslumbramento de quem acaba de nascer. Aos poucos fui comparecendo perante o mundo. Dei uns passos bêbados em redor, sacudi os ombros como se me libertasse de um invisível fardo. Não havia dúvida, conforme testemunhavam, em coro, as vozes dos parentes:

— *Mariamar regressou! Mariamar regressou!*

Assombrados, os olhares centravam-se em mim. Eu era o centro do universo. Fez-se silêncio, os parentes suspensos, esperando o que se iria seguir.

— *Onde estão as minhas irmãs?* — foram as minhas primeiras palavras.

Fizeram comparecer Silência, a minha irmã mais velha, e as pequenas gémeas, Uminha e Igualita. Em silêncio beijei Silência e me ajoelhei para encarar as irmãs mais novas. Apenas tinham passado uns meses. Contudo, as meninas estavam tristemente envelhecidas. Sempre me perguntei se em Kulumani existiam crianças. Pode-se chamar de criança a uma criatura que lavra a terra, corta a lenha, carrega água e, no fim do dia, já não tem alma para brincar?

De repente, o meu pai interrompeu o silêncio, suspendeu os abraços e proclamou:

— *Vamos ver o mar.*

— *O mar?* — se admirou a mãe.

— *Toda a família vai* — exclamou, perentório, Genito Mpepe. — *Foi isso que prometi ao avô.*

Não era ao mar que eu queria que me levassem. Desejava apenas regressar ao colo da minha mãe e que ela me embalasse e eu voltasse a ser menina. Esse era o único mar que eu queria. Entendi então o motivo por que o padre Amoroso falava tanto do dilúvio final. Era isso que eu aspirava: uma inundação que varresse este mundo. Este mundo que obrigava uma mulher como Hanifa a ter filhos, mas que não a deixava ser mãe; que a obrigava a ter marido, mas não permitia que conhecesse o amor.

* * *

Toda a família se extasiou perante a vastidão do oceano, o infinito vivo, esse horizonte sem contorno que parecia nascer dentro de nós. As minhas irmãs, paralisadas pelo espanto, perderam o verbo, embriagadas perante aquela imensidão. Fui a única que caminhou em direção à rebentação. O que me fascinou não foi aquela ausência de limites. O que me encantou foi a espuma, os farrapos de espuma que se soltavam da crista das ondas. Como aves brancas, sem corpo e sem asas, esses fiapos se soltavam num voo cego para se dissolverem no ar. Nos meus lábios enrolei e soltei mil vezes a palavra «espuma». Se um dia tivesse uma filha chamar-lhe-ia assim: Espuma.

O nome que escolhi para esse impossível filho está, afinal, certo. Porque a minha descendência se fará como a mesma matéria que se solta das ondas e esvoaça até não ser mais que ausência. Não terei nunca filhos, não haverá ninguém a quem eu possa dar nome.

E, no entanto, sempre que faz lua nova sou atacada por espasmos e, na solidão do meu leito, dou à luz. Dezenas de filhos, já tive dezenas de filhos, nenhuma mulher pariu tantas vezes. Nasceram bebés sem conta e todos se extinguiram no minuto seguinte como estrelas cadentes riscando os céus. Os meus impossíveis filhos desvaneceram-se, mas as dores verdadeiras desses imaginários partos perseguir-me-ão toda a vida.

A minha mãe, Hanifa Assulua, que sabe do sofrimento, bem me avisou: as dores passam, mas não desaparecem. Elas migram para dentro de nós, alojam-se algures no nosso ser, submersas num fundo de lago.

Diário do caçador
(6)

O reencontro

Sou feliz apenas antes de viver. Só tenho lembrança no que sonho. Por isso, escrevo.

Extrato roubado aos cadernos do escritor

Tandi foi a enterrar, manhã cedo. Há pouca gente no funeral. Mulheres, sobretudo. O administrador comparece, acompanhado por sua esposa. Afinal, a falecida sempre fora sua empregada. A ausência do patrão seria suspeita aos olhos da aldeia. Em contraste com o marido, Naftalinda está desfeita. A certo momento, quer tomar da palavra. O choro, porém, impede-a de falar. Recompõe-se, enxuga a lágrima e, aos poucos, assume a gloriosa pose da exaltação:

— *Os leões cercando a aldeia e os homens continuam a mandar as mulheres vigiarem as machambas, continuam a mandar as filhas e as esposas coletar lenha e água de madrugada. Quando é que dizemos que não? Quando já não restar nenhuma de nós?*

Esperava que as demais mulheres a seguissem naquele convite à revolta. Mas elas encolhem os ombros e afastam-se, uma por uma. A primeira-dama é a última das mulheres a abandonar a cerimónia. Por dentro, ela sente-se a derradeira das mulheres. Como eu me sinto o último dos caçadores.

∗ ∗ ∗

No final do culto, Florindo aproxima-se de mim para anunciar que as espingardas chegarão no dia seguinte.

— *Você vai ter reforços.*

— *Não preciso. Eu apenas preciso de mim. Guarde essas armas para outros fins. Para combater os caçadores furtivos, por exemplo.*

— *Maliqueto e Genito vão receber armas e ficarão sob seu comando.*

— *Não vou comandar ninguém. Se quiser criar uma outra equipa, tudo bem. Mas o que eu tenho que fazer, vou fazer sozinho.*

A discussão adensa-se. Os presentes afastam-se em sinal de reprovação. Aquele não é, certamente, nem o lugar nem o momento oportuno. Mas o administrador está demasiado exaltado:

— *Sabe quanto é que arrisco politicamente? Eu que tanta fé fazia nesta caçada para a minha promoção? Você quer o quê, que eu me envolva nos outros métodos?*

O escritor puxa-nos para longe da igreja. É ele quem retoma o diálogo:

— *Não entendo, caro Makwala. O que quer dizer com «outros métodos»?*

— *Para dizer a verdade* — responde o governante —, *já começo a desconfiar da verdade desses leões. Porque eles entram na aldeia, mesmo de dia, com uma intenção quase humana...*

O escritor ri-se, mas Florindo não desarma: esses bichos andam à procura de alguém, farejando as portas, são autores de morte encomendada. Só podem ser leões fabricados: que outra razão os leva a não comerem a carne envenenada que já antes se deixara como isco? E por que motivo rasgam as roupas deixadas nos estendais?

— *Pode ter a certeza: nenhum leão verdadeiro se comporta assim* — conclui, enfático, o administrador.

* * *

Já em casa, preparo o almoço. O escritor está na sala, trabalhando. Reparo que continua espreitando os meus caóticos papéis. Já não me importo. Também eu leio os cadernos dele e até lhe roubo umas frases. Começo, em troca, a ganhar o tardio gosto de escrever. Qualquer coisa na escrita me sugere o prazer da caça: no vazio da página se ocultam infinitos sobressaltos e espantos.

Sirvo o prato de Gustavo, encho o seu copo. O escritor começa a sentir-se incomodado com aquelas mordomias. Durante a refeição, nenhum de nós pronuncia palavra. No final, vou ao quarto e regresso para, abruptamente, lhe atirar a espingarda para os braços.

— *O que é isto, Arcanjo?*

— *É sua. A espingarda é toda sua.*

— *Por favor, Arcanjo, para que raio quero eu a porcaria da arma?*

197

Levanto a palma da mão para sugerir que me escute, sem interrupção.

— *Lembra-se do que se passou na noite em que Hanifa nos chamou? Lembra-se como demorei a desfechar o tiro?*

Com mil cuidados, o escritor coloca a arma no chão, como se estivesse manuseando uma carga explosiva. Espero que termina a delicada operação e prossigo:

— *Há dias o Gustavo quis saber com que mão eu disparava. Pois nem direita, nem esquerda. Já não disparo.*

— *Não entendo.*

— *Os meus dedos já não me obedecem, os meus dedos já morreram. A verdade é esta: eu já não posso caçar.*

Ergo bem alto os braços, exibindo os dedos arqueados como velhos ganchos. O escritor não sabe o que dizer. Apresento-me tão sincero, tão derrotado, que lhe custa ver desmoronar a imagem que de mim foi construindo.

— *Já não tenho mãos* — concluo, derrotado.

Observo as mãos como se nunca as tivesse visto, como se me fossem inteiramente estranhas. Exatamente como, no hospital, o meu irmão Rolando contempla a inutilidade do seu corpo.

— *Não diga a ninguém* — solicito, num sopro.

— *Ninguém vai saber* — tranquiliza-me Gustavo. A seguir, pergunta: — *Desculpe, mas não é melhor aceitar a oferta do administrador e caçar com apoio de Genito e Maliqueto?*

— *Nunca.*

— *Não entendo. Quem é que, afinal, vai matar os leões?*

— *Você.*

— *Como?*

— *Você é que os vai matar.*

— *Está maluco!*

— *Eu conduzo tudo, não se preocupe. No momento preciso, você só tem que apertar o gatilho.*

Esperava que o homem fosse mais enfático, em total negação. Todavia, Gustavo Regalo parece ponderar. Talvez o escritor comece a ceder a uma recalcada vontade. Volta a reerguer a arma, toma-lhe o peso e aponta para um imaginário alvo.

— *Acha que eu acertaria no bicho?* — pergunta.

Um sentimento novo desponta na alma do escritor. Há nele um entusiasmo quase pueril que desponta. E penso: tudo o que, durante séculos, tão cuidadosamente construímos para nos afastar da nossa animalidade, tudo o que a linguagem recobriu com metáforas e eufemismos (o colo, o rosto, a cintura) num instante se converte na sua nua e crua substância: a carne, o sangue, o osso. O leão não devora apenas pessoas. Devora a nossa própria humanidade.

— *E se falhar?* — quer saber Gustavo.

— *Não se preocupe, escritor. Não é tanto para matar o leão que lhe entrego a espingarda. É para me defender a mim.*

* * *

Espero que o escritor me defenda. Ao que parece ele já se adiantou na defesa de alguém: enviou um relatório para o governo central denunciando a inércia de Florindo perante a violação de Tandi.

— *Você falou com Nfatalinda?* — pergunto.

— *Foi ela mesma que me pediu que denunciasse esse crime. E Hanifa, a empregada, também me abordou: declarou que o marido, Genito Mpepe, foi quem comandou o grupo dos violadores.*

— *Confia no que diz Hanifa, depois do episódio daquela noite?*

— *O próprio Genito Mpepe confessou que estava no* mvera *comandando os energúmenos.*

O sonho dos leões na igreja me vem à mente. E recordo o estranho vaticínio do padre Amoroso: *«Não vieste para caçar leões. Tu vieste para matar uma pessoa!»*.

✳✳✳

O funeral de Tandi, tão despovoado e singelo, perturbou-me mais do que imaginava. Não me deixaram participar nos enterros de minha mãe e do meu pai. Não tinha a idade apropriada. Não sei se há idade apropriada para contemplar a morte. O desaparecimento de Tandi atingiu-me como se me arrancasse parte de mim. Nas minhas mãos esteve um osso dessa mulher. Como posso adormecer sem que me visitem fantasmas?

O teto vai ganhando peso e vou resvalando numa invulgar e doce sonolência. Nessa fronteira entre vigília e sono, eis que vejo a minha cunhada no meu quarto, com mansidão de sombra. Estou sonhando, não quero sair do sonho. Luzilia surge por entre neblina, Luzilia se insinua pela casa, Luzilia esgueira-se para o meu aposento. Bela, cheirosa, insinuante. Agarra-se à espingarda e começa a dançar com ela. Acaricia a arma como se dela ganhasse vida. Sentado, imóvel, vou seguindo as suas sinuosas insinuações. A mulher roça o cano da espingarda pelo rosto enquanto me fita, a medir-me os olhos.

— *Cuidado, está carregada!* — aviso.

— *Eu sei, é por isso que estou a dançar com ela.*

— *Não há dança que não seja assim, perigosa, quase fatal* — acrescenta a enfermeira. — *Começamos nos braços da vida, acabamos dançando com a morte.*

Os lábios dela beijam o gatilho e, depois, sugam lascivamente o cano. Os olhos dela mantêm-se pregados aos meus. Todavia, permaneço frio e distante. É sabido: há o tempo de amar, há o tempo de caçar. Nunca se misturam. Se eu cedesse estaria traindo uma antiga tradição: em tempo de caça não pode haver sexo.

— *Não vês, Arcanjo? Eu sou a serpente coxa...*

Percebo, então: a mulher pretendia apropriar-se da minha alma. Para meu assombro, Luzilia vai-se despindo, o corpo emergindo em demorada volúpia. A luz que incide sobre ela confere-lhe uma irrealidade lunar. Aproxima-se, vira-se de costas e encosta-se, desenhando em mim as curvas do seu corpo. Dentro do meu peito procede-se à ebulição dos gelos: desenrodilho-me, arregalado até ao tutano, a voz já sem uso, inflamada chama.

— *Não diz nada, Arcanjinho?* — pergunta ela.

O que ela me pede é empreitada demasiada: estou sequestrado pela tentação, quando quero falar falta-me a garganta, quando a quero tocar faltam-me os dedos. Exatamente como na caça, também no amor deixei de ser dono do meu corpo. O que me escapa não é mais que um inarticulado sopro:

— *Falar, eu?*

201

De rompante, ela me enfrenta. A boca, os dentes, a língua, tudo nela se conjuga para me extrair a alma. E eu morro quase de vez, tombado no abismo do sono.

✳ ✳ ✳

Acordo estremunhado e avanço pelo corredor quando, lá fora, se anunciam os primeiros laivos da manhã. Cruzo-me com o escritor que anuncia à queima-roupa:

— *Acabou de sair daqui uma mulher.*

— *Uma mulher? Que mulher?*

— *Não sei, não a conheço. Chegou de Maputo, vem à sua procura. Diz que se chama Luzilia.*

— *Luzilia?*

Por fora impávido, por dentro um vulcão: eis-me apanhado de surpresa como um animal emboscado. Na aparência imóvel, mas por dentro correndo, impetuoso, adolescente, sucumbindo à tentação. E já sentia o corpo de Luzilia de encontro ao meu, já me embeveciam gemidos e suspiros. Não era apenas a consumação de um sonho que eu buscava, mas o cicatrizar da ferida da rejeição.

Uma hora depois, Luzilia regressa. Cumprimenta-me com um beijo no rosto quase roçando os lábios. Corrige no rosto o áspero roçar da minha barba malfeita. Sinto os seios dela de encontro ao meu peito e ficamos assim por um tempo.

— *Eu sabia que tu virias.*

— *Mentira. Nem eu mesmo sabia.*

— *E como está o meu irmão?*

— *É por causa dele que estou aqui. O teu irmão… não sei como dizer isto…*

— *Morreu?*

— *Não, ainda não.*

— *Ainda não?*

— *Rolando quer que regresses a Maputo com a maior urgência. Há coisas que ele te quer dizer antes de morrer.*

— *Preciso de mais um dia. Depois voltamos juntos.*

— *Então eu regresso para Palma, estou lá numa pensão. Amanhã vais ter comigo.*

— *Não vás já, Luzilia. Quero mostrar-te o rio. Depois levo-te de carro a Palma.*

✳ ✳ ✳

Da margem mais elevada do Lideia contemplamos o vale em absoluto silêncio. Só depois de nos sentarmos nas pedras de granito é que a enfermeira se dispõe a falar:

— *Há coisas que te devo revelar. Primeiro, sobre a tua mãe, sobre a morte dela.*

— *Eu sei o que aconteceu. Ela estava doente.*

— *A tua mãe morreu de* kusungabanga.

— *É o nome de uma doença?*

— *Digamos que sim. Uma doença que mata os outros, os que não estão doentes.*

No momento não entendi. Mas depois Luzilia explica: na língua de Manica, o termo *kusungabanga* significa «fechar à faca». Antes de emigrar para trabalhar há homens que costuram a vagina da mulher com agulha e linha. Muitas mulheres contraem infeções. No caso de Martina Baleiro, essa infeção foi fatal.

— *Rolando sabia. Foi por isso que matou o pai. Não foi um acidente. Ele vingou a morte da mãe.*

203

***

A raiva me inunda o peito: o meu irmão matara o meu pai! E repito para mim mesmo «o meu pai» como se ele fosse mais meu que de Rolando. A acusação vai cedendo a um outro sentimento semelhante à inveja.

— *Diz-me, Luzilia: o meu irmão consegue dormir?*

Rolando dormia, confirma a esposa. Como podia eu ficar indiferente? O meu irmão conseguira o exílio total que eu sempre almejara. Invejava em Rolando a loucura e o sono. Invejava-lhe a mulher, o amor correspondido que nunca tive.

Afasto-me de Luzilia, aproximo-me da escarpa para melhor espreitar o vale. Desde que cheguei a Kulumani as águas do rio ganharam volume. Nas longínquas montanhas da nascente já deve chover. O rio não dorme nunca. Nisso ele se parece comigo.

— *Aqui, junto deste rio, namorei uma moça...*

Esgrimo a esbatida lembrança como uma arma, movido por uma absurda vontade de magoar Luzilia. E prossigo:

— *Havia duas irmãs, sim, não me recordo dos nomes nem das caras. Cheguei a dar uns beijos numa delas. Mas não me lembro de nenhuma. Talvez, se as voltar a ver...*

— *Os homens, os homens! Esse esquecimento nunca aconteceria a uma mulher. Aposto que elas se recordam de ti.*

— *Confesso que, nessa altura, eu bebia muito e cheguei mesmo a consumir essas aguardentes que se produzem por aqui.*

— *E o que vinhas aqui fazer, neste fim do mundo?*

— *Vim matar um crocodilo perigoso.*

— *E conseguiste?*

— *Tens dúvidas dos meus dotes de caçador?*

— *Nem sempre caçaste quem querias.*

Faço de conta que não escuto. Sigo o exemplo dos felinos que fingem distrair-se antes de se lançarem sobre a presa. Já não sei lidar com Luzilia senão como caçador.

— *Há uma coisa que não entendo. É verdade que entendes o que Rolando fala, naquele linguajar dele?*

De repente, vejo-me próximo da desconfiança do meu pai face à fidelidade das cartas de minha mãe. Meu Deus, como me pareço com Henrique Baleiro! Luzilia está bem longe dos meus pensamentos quando responde:

— *Não te esqueças de que sou enfermeira. E depois, há tanto tempo que cuido dele! Eu escuto o teu irmão como quem lê as linhas da mão.*

E eu que não esquecesse que Rolando sabia fazer uso da escrita. Sempre fora a sua arma, o seu refúgio. Do bolso das calças, Luzilia retira dois pedaços de papel. Escolhe o mais amarrotado e entrega-me. É uma carta de Rolando, reconheço a sua caligrafia de eterno menino bem-comportado. Não gosto de ler em voz alta. Sinto-me frágil, ridículo, desnudado. Por isso, leio em surdina.

Meu querido irmão: imagino que te doa a minha condição. Quero-te dizer que não sofro. Pelo contrário, sou feliz porque nunca mais posso voltar a ser um Baleiro. Despi-me do meu herdado nome com o mesmo prazer que certas viúvas queimam as vestes do marido que as tiranizou. Depois daquele disparo deixei de ter medo, deixei de ter medo de quem fui. Já nenhum crime me espera. Estou vazio, como apenas pode estar um santo. Lembras-te como a mãe nos chamava? Meus anjos, era assim que ela dizia. Aqui onde estou, neste asilo, não são precisos demónios nem anjos. Nós mesmos nos bastamos. Sim, fui eu que matei o nosso pai. Matei-o e voltarei a matá-lo sempre que ele volte a nascer. Obedeço a ordens. Essas ordens foram-me dadas sem palavras. Bastou o olhar triste da minha mãe. Não tenhas pena de mim, meu irmão. A loucura, primeiro, foi o meu álibi. Tornou-se, depois, a minha absolvição. A nossa mãe sempre avisou: a bala mata nas duas direções. Ao matar o velho Baleiro eu mesmo me suicidei. Certa vez, depois do falecimento da nossa mãe, tu disseste: quem me dera morrer. Pois eu te digo, agora. Não é a morte que confere ausência. O morto está ainda presente: todo o passado lhe pertence. O único modo de deixarmos de existir é a loucura. Só o louco fica ausente.

Aquelas linhas confirmavam a minha antiga suspeita: o meu irmão fazia-se passar por louco. A única criatura realmente doente era eu, com as minhas atormentadas noites, as cruéis lembranças de um passado mal vivido.

— *Posso fazer uma outra pergunta? Tu e o meu irmão alguma vez fizeram amor?*

Luzilia não responde. Apenas sorri, triste. Desdobra lentamente o segundo papel e agita-o à minha frente.

— *Reconheces isto?*

É a minha velha carta, essa desafortunada missiva em que, há muitos anos, me declarei apaixonado. Sem mais dizer, Luzilia avança para mim, o sorriso triste ganha agora enigmático cariz. Beija-me.

— *Vamos para Kulumani, vamos para o teu quarto.*

— *Não podemos. O escritor partilha o espaço comigo.*

— *Vamos para Palma, estamos mais à vontade lá.*

Entrámos no carro. A mão dela faz-me demorar o gesto de ligar o motor. E ela sussurra no meu ouvido:

— *Tinhas razão, esta é a tua última caçada. Porque eu te venho buscar...*

Partimos em silêncio, a mão de Luzilia sempre apoiada no meu braço.

— *Esta noite...* — e suspende a frase, buscando a palavra.

— *Sim?*

— *Esta noite faz-me ter medo de mim.*

Olho a estrada de areia que se abre à nossa frente, com mais curva que distância e penso: a vida é a espera do que pode ser vivido.

Versão de Mariamar
(7)

A emboscada

Tem cuidado com os leões. Mas tem mais cuidado ainda com a cabra que vive no covil dos leões.

Provérbio africano

Desde que chegou o caçador, os dias passaram espessos mas vazios como as nuvens de inverno. Durante todo esse tempo mantive-me aprisionada na minha própria casa, espreitando os frustrados preparativos das expedições de caça. Sentia os passos de meu pai escoarem pela madrugada e o ruído do jipe atirava-me para a janela a espreitar Arcanjo Baleiro.

Aos poucos, porém, o interesse pelo meu amado se foi desvanecendo. Por que razão ele não me enviava um sinal do seu interesse em me rever? A verdade era só uma: eu tinha morrido para ele. Não havia ilusão a prolongar. Foi essa deceção profunda que me fez desistir. Eu já não queria escapar de casa, dispensava o reencontro com o caçador. Eu prescindia do rio, da viagem e do sonho.

★ ★ ★

Não era apenas a mim que Arcanjo Baleiro dececionava. Os mais velhos da aldeia, impacientes, começaram a reunir-se na *shitala* e um ambiente de conspiração dominou Kulumani. Florindo Makwala, o administrador, começou a ser visto nas reuniões dos mais velhos. Essa presença era coisa inédita na aldeia. Makwala sempre se demarcara desse mundo que ele apelidava de «tradicional», sempre se distanciara da gestão das coisas invisíveis. Por isso se estranhava aquela súbita proximidade.

***

Nesta tarde, algo de inesperado sucede. O administrador Florindo Makwala vem a nossa casa. Não é tradição os chefes deslocarem-se da sua residência para tratarem de assuntos da governação. Desta feita, porém, Makwala vinha pedir favores. Fechados na sala, ele e meu pai negoceiam durante um tempo. Começo a recear de que seja eu o motivo do negócio. Esse receio confirma-se quando, mais tarde, sou convocada para receber a perturbadora ordem:

— *Hoje à noite você vai com o administrador!* — sentencia Genito Mpepe.

— *Mas eu não estou de prisão?* — pergunto.

— *Vai dormir lá, na casa dele* — afirma o meu pai, pouco à vontade.

Na presença do visitante, contenho-me, arruinada por dentro. Assim que Florindo se retira, porém, a minha súplica irrompe:

— Pai, não me faça isso. Por amor de Deus, eu não quero...

— Você não tem que querer.

— Mas, ntwangu, *por favor, pense bem* — declara minha mãe, agindo inesperadamente em minha defesa. *— Esse Florindo, esse verme rasteiro...*

Mpepe não permite argumento. Que nos calássemos. Sabíamos nós o que, na calada da noite, se conspirava contra a sua pessoa? Percebíamos nós como ele estava isolado e frágil? Prestar favores ao administrador era a sua oportunidade soberana para voltar a ganhar proteção e respeito.

Em silêncio, a minha mãe prepara-me os banhos, veste-me e penteia-me. O poente espreita quando ela me acompanha à residência de Florindo Makwala. Permanece imóvel na estrada vendo-me entrar pelo quintal e ainda me chama:

— O lenço, minha filha...

E passa-me a mão pelo rosto, fingindo que me corrige o penteado. Deixa-se assim ficar, presa no seu próprio gesto. Olha-me demoradamente, antes de dizer:

— Não se preocupe, minha filha, você está muito bonita.

E parte, de regresso a casa. Fico só, indecisa, à entrada daquilo que o administrador sempre insistiu não ser uma «casa» mas uma «residência». A minha hesitação é breve: o administrador vem receber-me à porta e convida-me a entrar no seu escritório. Há um grande sofá que ele prontamente ocupa enquanto eu passo os olhos pelas paredes onde sobressai um enorme calendário com uma mulher chinesa lascivamente deitada sobre o tejadilho de um carro.

— *Falta a foto de Sua Excelência, a sua mãe Hanifa estava a limpar e acabou por partir o vidro. Estou à espera de fundos para uma nova moldura...*

Aguardo de pé enquanto ele se vai afundando nele mesmo, a cabeça descaída sobre os joelhos.

— *Estou tão desesperado, Mariamar!*

Não tarda, penso, que ele se derrame em prantos. Num impulso maternal, sento-me a seu lado, mas depois permaneço imóvel, como se espera de alguém com o meu estatuto.

— *Dê-me a sua mão* — pede Florindo.

Desajeitada e tonta, estendo o braço e entreabro os dedos. Fico assim um tempo sem que ele corresponda ao meu gesto.

— *Você sabe por que está aqui?*

Minto, sacudindo a cabeça em tímida negação. Um cheiro acre me rouba o ar. Florindo Makwala segura-me pela mão e conduz-me ao longo da sala como fazem os velhos casais quando se recolhem aos aposentos. Percorre um corredor escuro e, frente à porta do fundo, aproxima o seu rosto do meu. Desvio-me de forma abrupta, mas ele volta a insistir e sussurra ao meu ouvido:

— *Há um problema com a minha esposa, Naftalinda.*

Por fim, ele se explica. O motivo da minha presença estava, afinal, muito longe do que eu suspeitara. Na verdade, os desesperos de Florindo eram outros. A esposa se oferecera como isca para os leões. O esposo tentara dissuadi-la. Em vão. A primeira-dama insistia que iria dormir, nua, ao relento, noites seguidas, até que os leões fossem atraídos e a devorassem. Essa era a sua

214

declarada intenção. A menos que ele, Florindo, fosse homem por inteiro e assumisse uma postura firme no assunto de Tandi e em tantos outros assuntos.

— *Minha esposa, minha tão única esposa* ...

Naftalinda não lhe dava nem olhos nem ouvidos. O administrador estava em pânico. Era imperioso que distraísse Naftalinda desse propósito suicida. A primeira-dama apenas escutaria alguém como eu, alguém que vivesse na mesma solidão, que falasse na mesma linguagem.

— *Tem a certeza de que sou a pessoa certa, senhor administrador? Em casa todos dizem que nem pessoa sou...*

O administrador está mais do que convicto. Eu e Naftalinda tínhamos tanta coisa em comum: nascêramos no mesmo ano, estudáramos ambas na Missão, ambas estávamos condenadas a não ter filhos e, assim, destinadas a nunca sermos mulheres.

— *Entre nesse quarto e fale com ela. Mas uma coisa, nunca a chame pelo antigo nome dela. Ela, agora, não gosta...*

Em Kulumani, vamos ganhando nomes conforme tempos e idades. Oceanita foi o nome inicial de Naftalinda, quando era ainda menina de colo, por causa do volume dos seus prantos. Quando chorava era uma maré enchente. Cada lágrima era um ovo de água que tombava, com estrondo, no soalho.

A menina evoluiu para adolescente e o seu corpo se multiplicou em volume. A família, receosa, levou-a aos cuidados do padre Amoroso: para tanto corpo, ela precisaria de muitas almas. Na Missão, as duas nos encontrámos. O meu propósito era curar-me da paralisia. O dela era ganhar leveza. Eu voltei a andar. Ela nunca mais perdeu peso. Apesar de mudar de nome, a moça não deixou nunca de ser gorda. Quando nos despedimos à porta da Missão, eu notei-lhe, pela primeira vez, um azedume no olhar e uma aspereza na sua voz:

— *Nunca mais me chame Oceanita. Agora sou Nafta-linda.*

Mandaram-na para a cidade e dela não soube mais senão quando, há poucos dias, regressou a Kulumani, acompanhando o marido e o meu caçador de leões. Desde esse dia eu não a vira senão ao longe quando ela invadiu triunfalmente a *shitala* dos homens. Para mim, ela era ainda Oceanita. Mas para todos os outros ela não carecia de nome algum. Era apenas uma esposa, uma esposa bem particular. Ela era a primeira-dama de uma aldeia sem damas.

* * *

Agora a volumosa esposa do chefe não queria senão morrer. Passa-me pela cabeça que a sua suicida vontade resulta, afinal, da mais pura generosidade. Ela era tão carnuda que os bichos ficariam saciados e deixariam a aldeia tranquila por muitas luas. Ou quem sabe os caçadores aproveitassem o momento e fizessem embos-cada às maléficas bestas?...

O administrador abre a porta com mil cuidados e faz-me sinal para que fosse entrando sozinha. Avanço na penumbra, guiada pelo ruído de uma ofegante res-piração. Parece que os expirados ares desabam, cansados, do seu amplo peito como aves feridas tombando das escarpas.

Passo a passo, vou decifrando sombras até detetar, por fim, a presença da primeira-dama. Está sentada num velho cadeirão, toda budificada, os dedos mergulhados em duas taças de vinagre.

— *É para amolecer as unhas* — anuncia, sem me cumprimentar.

A voz esganiçada era a unha no vidro. O meu arrepio passa-lhe desapercebido. O seu olhar não se desvia das próprias mãos.

— *Adoro as minhas unhas* — afirma, soprando nos dedos. E acrescenta: — *São a única parte magra do meu corpo.*

O cheiro de vinagre tempera um irracional temor que me assalta desde que entrara naquela casa. É uma armadilha, penso, estremecendo. Não é o leão, é a mim que ela quer capturar. O olhar inquisidor da anfitriã, por fim, pousa em mim.

— *Já te perdoei, minha amiga.*

Confessava, agora, tantos anos depois: sempre tivera inveja de mim, da minha esbelta figura, dos meus olhos rasgados. Essa inveja tornava-se insuportável sempre que eu subisse para as costas dos rapazes e eles corressem comigo e caíssem comigo num corpo só e rissem comigo numa única gargalhada.

— *Como eu te odiava, Mariamar! Tanto pedi a Deus que te levasse.*

Mais afeita à luz, contemplo-a com a mesma demora com que o estivador, no cais, inspeciona a carga. O meu olhar é o tatear de um cego. Fixo Oceanita sem nunca a chegar a ver. Os invisíveis cotovelos, as covinhas lunares, as dobras e os refegos: a moça era uma plantação de carnes. Percebo, então: irrita-a que eu a observe. Quando se tenta erguer, lembra um astro despegando do universo.

— *Eu ajudo-te* — prontifico-me.

— *Não é preciso* — rejeita energicamente.

Mas logo se despenha, como se lhe faltassem os joelhos. E apoia-se em mim, como um navio se afeiçoando ao cais. Parece tirar prazer desse demorado encosto. Afasto-a com cuidado, dou uns passos atrás para a voltar a contemplar. Quando dias antes a espreitei de longe não avaliei o seu tamanho. Agora, percebo: Naftalinda é tão gorda que, mesmo de pé, está sempre deitada.

De súbito, a mulher levanta a saia, exibe as suas interditas partes e eu, de pronto, desvio o olhar. A primeira-dama, porém, permanece imóvel, como uma estátua, expondo-se sem pudor.

— *Olha bem para mim! Olha sem medo, somos ambas mulheres. Como pode um homem desejar-me a mim? Como posso seduzir Florindo, diz-me?*

— *Não faças isso comigo* — suplico-lhe.

— *O que te disse Florindo? Disse-te que me ofereci para refeição de leão? Ora, ele não entendeu. Eu quero ser comida, quero ser comida no sentido sexual. Quero engravidar de um leão.*

Um leão iria escavar como um mineiro até chegar ao seu âmago. Era esse o seu secreto plano. Olho para ela. A sua cara é bonita, os olhos fundos, sonhadores.

— *Sabes, Mariamar? Tenho saudade de nós, na Missão. A Missão não era apenas uma casa religiosa: era um país. Entendes? Nós duas vivemos no estrangeiro. Somos mais brancas que esse Arcanjo.*

Ajudo-a a reocupar o cadeirão, e anuncio que vou passar a noite com ela, partilhando o quarto como fazíamos na Missão.

— *Naftalinda?*

— *Chama-me Oceanita...*

— *Posso deitar-me neste canto?*

— *Onde quiseres, mas primeiro ajuda-me a sair, eu quero cumprir o meu sonho.*

— *Não posso. Prometi que não te deixava sair.*

— *É só sair e entrar.*

— *Vamos, mas só por um bocado. E só aqui, junto à casa.*

Toma-me pela mão e conduz-me para o descampado em frente à administração. Na aldeia todos dormem, no mato apenas se escuta o tristonho piar dos noitibós. Naftalinda contempla o escuro casario e lamenta:

— *Tenho pena de Florindo. É um palhaço. Pensa que as pessoas o veneram. Ninguém o respeita, ninguém o ama.*

Dá uns passos em direção aos arbustos que cercam o quintal, escolhe um velho tronco, senta-se sobre ele e assim se conserva como se rezasse. Naftalinda adormece enquanto me mantenho vigilante, à distância. Aos poucos também cedo ao sono até que, num segundo, tudo sucede, em confusa e atabalhoada mistura: um restolhar no capim, um abafado ronco, uma sombra projetada como uma bala de fogo sobre Naftalinda. Como um clarão vejo uma leoa se enovelar sobre o seu extenso corpo e as duas, quase indistintas, se abraçarem numa dança fatal.

— *Socorro, a leoa! Ajudem!*

Aos berros, acorro a ajudar a moça. A leoa se espanta perante o meu ataque. Com ímpeto que em mim nunca antes adivinhara, cresço em força e tamanho e obrigo a leoa a afastar-se. Seria o momento oportuno para que Naftalinda escapasse. Mas ela rejeita a minha ajuda e corre, de novo, a se entregar à agressora. Num ápice, rodopiamos as três, confundem-se unhas e garras, babas e suspiros, rugidos e gritos. A raiva faz-me duplicar de corpo: mordo, esgadanho, pontapeio. Surpresa, a leoa acaba por ceder. Vencida, retira-se com a dignidade de rainha destronada. E desaparece no escuro, para além da estrada.

Por segundos, permaneço deitada por cima de Naftalinda quando, de repente, sobre as minhas costas desaba o firmamento. A dor é imensa, grito em desespero, rodo sobre mim mesma e, num relance, avisto Florindo com uma matraca erguida acima da cabeça, pronto para me desfechar o golpe final.

— *Sou eu! Sou eu, Mariamar!*

Um coro de vozes eclode: *Mate-a, Florindo! Essa mulher é a própria leoa!* À nossa volta junta-se a aldeia inteira, reclamando justiça. A meu lado, Naftalinda está coberta de sangue. Ergue-se de joelhos, abre os braços a proteger-me o corpo e proclama numa espécie de guincho:

— *Ninguém toca nesta mulher. Ninguém!*

Empunhando ainda a matraca, Florindo Makwala, confuso, ordena à multidão que se afaste. Ajoelha-se a meu lado para saber do meu estado. A sua voz também está ajoelhada quando murmura:

— *Desculpa, Mariamar, no escuro não vi que eras tu.*

Num primeiro instante, as pessoas recuam. Mas depois, numa só voz, retomam a inicial exaltação e apelam para a minha imediata execução. E refaz-se a enlouquecida investida. Sou assaltada pelo antigo sonho, vou morrer como sempre sonhei, tombada na extensão da praia, vultos suspensos como abutres para me devorar a alma. E já não me doem os socos, os pontapés, já não distingo os impropérios e nem dou conta de que, como uma onda do mar, a multidão se desfaz. Quem faz desvanecer a alucinada horda é Florindo Makwala, agigantado no corpo e na voz. Assim visto do chão ele parece uma montanha e o seu mando é o de uma irada divindade:

— *Para trás! Para trás ou mato-vos com as minhas próprias mãos.*

Espantada, Naftalinda contempla o esposo como se não o reconhecesse. Depois, suspira:

— *Meu homem, o meu homem voltou!*

O administrador permanece como estátua ameaçadora até que, de súbito, se escutam disparos. Primeiro, longe. Por longos momentos, se imobilizam as pessoas, entre expectativa e receio. Depois, sucedem outros tiros, desta vez mais perto. Os mirones correm em direção à estrada. Não tarda que uma vozearia alastre, vibrante mas impercetível. É Arcanjo que chegou, penso. O caçador veio-me salvar, finalmente ele compareceu perante o meu exausto coração. Os gritos são agora claros:

— *Mataram os leões! Mataram os leões!*

Com dificuldade me levanto e, cambaleante, me dirijo também para a estrada. E lá está ele, o meu salvador! De arma sobre o ombro, destaca-se no escuro e caminha na minha direção. Aos poucos, porém, a sua figura se torna mais exata e constato que não se trata de Arcanjo Baleiro. É Maniqueto, o polícia. Rodeado pela multidão, que o recebe em glória, ergue na mão direita a sangrante orelha do leão abatido.

— *Matei este leão lá no mato.*

— *Mas escutamos tiros aqui perto…*

— *A outra, a leoa, foi morta aqui mesmo, na estrada.*

Uma aclamação eufórica o saúda. Ninguém nota que Florindo ampara, sozinho, a magoada esposa de volta a casa. Apenas eu não tenho casa para onde regressar. Só eu choro, no escuro chão de Kulumani.

Diário do caçador
(7)

O demónio santo

De ossos e Sol, não de vida, se faz o Tempo. Porque a Vida é feita contra o Tempo. Sem medida, tecida de ínfimos infinitos.

Extrato roubado aos cadernos do escritor

Escuto tiros, a meio da noite. Apetece-me sair de Palma, largar pela estrada e procurar a origem dos disparos que parecem vir dos lados de Kulumani. Mas estou preso, ancorado no chão onde acabei de amar como nunca amei. Junto a mim dorme a única mulher do universo. Meio despida sobre a cama Luzilia repousa, como se aquela bolorenta pensão fosse o seu palácio.

✳ ✳ ✳

— *Que saudades eu tinha de acordar!*
Luzilia espreguiça-se como se estivesse nascendo. Há horas que a observo, na penumbra do quarto da pensão de Palma.
— *Há muito que me olhas?*
— *Desde sempre.*

— *Pois eu acordei como se tivesse dormido desde sempre.*
E tu?
— *Há pouco escutei tiros. Vinham dos lados de Kulu-*
mani. Tenho que ir.
Luzilia parece não ter escutado. Veste-se com esse
vagar que só a felicidade confere. Depois, volta a sentar-
-se e fala abraçada à almofada.
— *Sonhei com uma louca, uma que conheci, internada*
no meu hospital. Sabes o que fazia?
A mulher recolhia borboletas, raspava-lhes as asas e
metia-as num frasco. O que fazia ela com esse pólen?
Enchia a sua própria almofada. Dizia que assim voava
enquanto dormia.
— *Esta almofada deve estar cheia de pólen.*
A chave da viatura balança na minha mão. Luzilia
percebe a mensagem. E sugere que eu regresse a Kulumani e depois a venha buscar. Ela quer dormir mais,
prolongar-se borboleta em busca de novas asas.

✸✸✸

Palma é uma vila pequena. Não é possível que duas
viaturas deixem de se cruzar nas suas ruas. Por pouco
não colido com o carro que transporta Florindo Makwala. Abre o vidro e, sem descer do jipe, quer saber o que
faço ali, longe da aldeia.
— *Estive a caçar por estas bandas. Mas ouvi tiros na aldeia.*
— *Mataram os leões. Os meus homens mataram os leões.*
— *E o que faz aqui o administrador de Kulumani? Não*
devia estar festejando com os seus homens, com o seu fiel
povo?

— *Naftalinda ficou ferida, trouxe-a ao hospital. Nada de muito grave, mas ela ficou internada.*

— *Alguém mais ficou ferido?*

— *Genito foi morto.*

Genito matou a leoa, Maliqueto matou o leão. Para mim, o último caçador do mundo, não me restava senão a constatação do sucesso de infames matadores. Para mim, Arcanjo Baleiro, que sabia de bala e não de escrita, não me restava senão elaborar o relatório da ocorrência.

O administrador, porém, não quer que parta já para a aldeia. Pede que me detenha uns minutos no posto de saúde. Naftalinda ficaria muito feliz por me ver. Depois, voltaríamos juntos para Kulumani.

* * *

A primeira-dama ocupa um quarto individual. Os lençóis cobrem muito parcimoniosamente o seu vasto corpo. O ombro de Naftalinda está envolto numa extensa ligadura, que nela parece um mínimo trapo. A mulher toma a minha mão e olha-me de modo maternal:

— *Tenho um pedido para lhe fazer. Leve Mariamar consigo para Maputo.*

— *Mariamar?*

— *É a filha mais nova de Hanifa. Para a semana também vou para lá e tomo conta dela.*

— *Fique tranquila, eu faço isso.*

— *Você é um homem bom, faz-me lembrar Raimundo, o cego da aldeia. Há qualquer coisa semelhante em vocês os dois, qualquer coisa estranha...*

— *Estranha?*

— *Esse cego anda e ciranda pela noite, dorme ao relento e sempre foi poupado pelos leões.* Sabe por que é que ele nunca foi atacado?

— *Não me diga que é um dos tais leões-homens?*

— *Ao contrário. É porque ele é, entre todos os da aldeia, o único que é completamente pessoa, completamente humano. Tal e qual você, nosso caçador...*

— *E já agora eu* — interrompe Makwala.

— *Sim, você também. Você voltou a ser o meu homem, o meu Florindo* — depois, volta a dirigir-se a mim: — *Se o visse ontem à noite...*

— *Tenho que ir, dona Naftalinda* — apresso, com delicadeza.

— *Deixe-me olhar para si. Parece tão feliz, tão novo.*

— *Esta noite dormi em boa companhia.*

— *Pois eu também. Esta noite, depois de tanto tempo, fui feliz. Mesmo com as dores, namorei bem, dormi bem e sonhei bem.*

Sonhou Naftalinda que a mãe a embalava, de novo, em seus braços. Mas ela cantava-lhe em português, o que na vida real nunca aconteceu. Todas as canções de ninar aconteceram em shimakonde.

— *Até ontem* — diz ela — *os meus sonhos não sabiam falar com as minhas lembranças. Esta noite, sim. Esta noite fui embalada pelo tempo.*

***

No caminho de regresso Florindo confessa que vai abdicar do cargo. Voltará a ser professor. Não é uma escolha, é uma renúncia.

— *Gostar, gosto mais da política. Mas com Naftalinda não dá* — depois de uma pausa, acrescenta: — *Você vai fazer o relatório da caçada, eu vou fazer a denúncia dos que violaram Tandi.*

— *Conte-me o que aconteceu com Genito.*

A história era simples mas enigmática, como tudo o que sucede em Kulumani. O homem sucumbira ao matar a leoa, junto à estrada. A mesma leoa que atacou Naftalinda e Mariamar.

— *Genito foi apanhado de surpresa?*

O administrador não conhecia os pormenores. Sabia, sim, que o pisteiro e a leoa morreram abraçados, como se os dois se reconhecessem, íntimos parentes.

— *Tivemos que separar os corpos, com muito custo. Aquilo parecia um parto às avessas. Dizem que o escritor até chorou. Nem conseguiu fotografar.*

***

Imagino o escritor e a sua lágrima. Certamente, uma lágrima inventada, tal como a palavra por ele criada. E penso que, afinal, lhe valeu a viagem. Gustavo Regalo sabe agora o que é um leão. E sabe melhor o que é um homem. Nunca mais perguntará sobre a razão da caça. Porque não existe resposta. A caça acontece nas costas da razão: é uma paixão, uma alucinada vertigem.

— *Fica triste por não ter sido você a matar os leões?* — pergunta-me Gustavo, à queima-roupa.

— *Triste, eu?*

— *Sei o que me vai responder. Que você não mata, você caça.*

229

Passei esta noite com a mulher dos meus sonhos. Como posso estar triste? Talvez, sim, eu queira agora as noites todas que há no tempo. O caçador é um homem viciado em milagres. O caçador é o demónio santo.

Versão de Mariamar
(8)

Sangue de fera, lágrima de mulher

Quando as teias de aranha se juntam elas podem amar-rar um leão.

Provérbio africano

Confesso agora o que devia ter anunciado logo de início: eu nunca nasci. Ou melhor: nasci morta. Ainda hoje a minha mãe aguarda pelo meu choro natal. Só as mulheres sabem quanto se morre e nasce no momento do parto. Porque não são dois corpos que se separam: é o dilacerar de um único corpo, de um corpo que queria guardar duas vidas. Não é a dor física que, naquele momento, mais aflige a mulher. É uma outra dor. É uma parte de si que se desprende, o rasgar de uma estrada que, aos poucos, nos devora os filhos, um por um.

É por isso que não há maior sofrimento que dar à luz um corpo sem vida. Nos braços da minha mãe depositaram essa criatura inanimada e retiraram-se todos do quarto. Dizem que ela cantou para me embalar, desfiando a mesma ladainha com que celebrara os anteriores partos.

Horas depois, meu pai tomou nos braços o meu corpo sem peso e disse:

— *Vamos deitá-la na margem do rio.*

Na berma da água se enterram os que não têm nome. Ali me deixaram, para que me lembrasse sempre de que nunca nasci. A terra húmida me abraçou com o carinho que a minha mãe me dedicara nos seus vencidos braços. Desse escuro regaço guardo memória e, confesso, tenho a mesma saudade que se tem de uma longínqua avó.

No dia seguinte, porém, repararam que a terra se revolvia na minha recente campa. Um bicho subterrâneo tomava conta dos meus restos? Meu pai muniu-se de catana para se defender da criatura que emergia do chão. Não chegou a usar a arma. Uma pequena perna ascendeu do pó e rodopiou como um mastro cego. Depois apareceram as costelas, os ombros, a cabeça. Eu estava nascendo. O mesmo estremecer convulso, o mesmo desamparado grito dos recém-nascidos. Eu estava sendo parida do ventre de onde nascem as pedras, os montes e os rios.

Dizem que a minha mãe, naquele momento, envelheceu tudo quanto havia de envelhecer. Ser velho é esperar doenças. Naquele instante, Hanifa Assulua era toda ela uma enfermidade. Meu pai espreitou o rosto grave de minha mãe e inquiriu:

— *Sou pai de toupeira, eu?*

Foi então que uma luz estranha pousou sobre o meu pequeno rosto. E viu-se, naquele momento, como eram fundos os meus olhos, tão fundos como o remanso das águas do rio. Os presentes contemplavam o meu rosto e não suportavam o incêndio do meu olhar. Meu velho, receoso, titubeava:

— *Os olhos dela, esses olhos...*

Uma suspeita foi despontando em todos: eu era uma pessoa não humana. Ninguém ousou falar. Não demorou, porém, que a minha mãe desse conta: havia nos meus olhos claros a translucência de uma outra, afastada alma. Ela se perguntava, em solitário pranto, a razão de meus olhos serem assim amarelos, quase solares. Alguma vez se vira tais olhos em pessoa negra? Talvez os meus olhos tivessem ficado luminosos de tanto procurar nos sombrios subterrâneos.

As trevas, dizem, são o reino dos mortos. Não é verdade. Tal como a luz, o escuro só existe para os vivos. Onde os mortos habitam é no crepúsculo, nessa fresta entre dia e noite, onde o tempo em si mesmo se enrosca.

Quem vive no escuro inventa luzes. Essas luzes são pessoas, vozes mais antigas que o tempo. A minha luz sempre teve um nome: Adjiru Kapitamoro. O meu avô ensinou-me a não temer as trevas. Nelas descobriria a minha alma noturna. Na realidade, foi o escuro que me revelou o que sempre fui: uma leoa. É isso que sou: uma leoa em corpo de pessoa. A minha forma era de gente, mas a minha vida seria uma lenta metamorfose: a perna convertendo-se em pata, a unha em garra, o cabelo em juba, o queixo em mandíbula. Essa transmutação demorou todo este tempo. Podia ser sido mais célere. Mas eu estava amarrada ao meu princípio. E tive uma mãe que cantou só para mim. Esse embalo deu sombra à minha infância e fez demorar o animal que havia em mim.

Aos poucos, porém, algo foi mudando em nossa casa. A exemplo do que fazem as leoas, eu fui sendo deixada à minha sorte. Aos poucos, Hanifa Assulua me abandonou, sem culpa, sem palavra de conforto. Como se ela tivesse entendido que apenas acidentalmente eu tinha ocupado o seu ventre e morado na sua vida.

★★★

Regresso a casa, depois da contenda com a leoa, as costas doridas e os braços esfacelados. Não me apresento a minha mãe. Ela não me atenderá. O único aconchego que me resta é dentro de mim mesma. Procedo como os bichos feridos, enrosco-me como um feto. Quando já flutuo entre sono e vigília, o avô Adjiru comparece perante mim. Não é uma visão. É ele, o meu avô. Está na varanda, sentado numa esteira. Aquele era o seu mais antigo trono.

— *Não quer ir para dentro?* — pergunto.

— *É aqui, na varanda, que se espera* — responde.

Quero tomar a sua mão, ele rejeita. Que outras mãos já o amparavam, explica. Pede-me, então, que o escute. Que eu carecia de saber verdades sobre a minha existência. Inspira fundo, como se soubesse que lhe cabia apenas um instante e depois fala de um jato. Eis o que diz Adjiru Kapitamoro:

Talvez você, minha neta, acredite não ser pessoa. Há visões que a assaltam, há delírios que para sempre a perseguirão. Mas não acredite nessas vozes. Foi a vida que lhe roubou humanidade: tanto a trataram como um bicho que você se pensou um animal. Mas você é mulher, Mariamar. Uma mulher de alma e corpo. E mais do que isso: você, Mariamar, pode ser mãe. Fui eu que inventei que você era uma mulher seca, infértil. Inventei essa falsidade para que nenhum homem de Kulumani se interessasse por si. Estaria assim solteira, disponível para sair e criar novas raízes longe daqui, livre para ter filhos com alguém que a tratasse como mulher. Esse homem você já encontrou. Esse homem voltou. Eu mesmo o chamei de novo a Kulumani. Como é que o chamei? Ora como é que se convoca um caçador? Fabriquei leões, e a fama desses leões estendeu-se a toda a nação. Esse é o meu segredo: não sou, como pensavam, um escultor de máscaras. Sou um fazedor de leões. Não porque seja um feiticeiro, mas porque, desde que morri, eu sou um deus. E é por isso que sei das mentiras do passado e das ilusões do futuro. Não tarda que você, minha neta, seja de novo a minha Mariamar Mpepe. Longe de Kulumani, longe do passado, longe do medo. Longe de si mesma.

De olhos cerrados, escuto a longa narração de Adjiru e entendo a sua intenção. Ele não quer perder a minha companhia. O único deus que me resta precisa mais de mim do que eu preciso dele. Por isso, ele insiste que tudo esteve sempre certo na minha existência. Eu era humana, filha de humanos. Ficara assim, solitária e furtiva, duvidosa da minha natureza, por causa dos maus-tratos na meninice.

Reabro os olhos apenas para confirmar que Adjiru já ali não se encontra. Inspiro fundo e escuto dentro de mim uma outra voz. E essa voz enche de novo a minha cabeça: não há Adjiru, não há leões feitos, não há deuses remendando o passado. A verdade é bem outra: não foi a vida que me deformou. Eu já vinha, à nascença, negada como mulher. Visitei o mundo dos homens apenas para melhor lhes dar caça. Não foi por acaso que as minhas pernas paralisaram. O bicho que havia em mim pedia outra postura, mais gatinhosa, mais junto ao chão, mais perto dos cheiros. Também não é por acaso que sou infértil. O meu ventre é feito de uma outra carne, eu sou composta de almas trocadas.

***

A aparição de Adjiru está já longe de mim quando, esta madrugada, vou ver a leoa morta. Junto à estrada para Palma, na berma de areia vermelha, a leoa jaz como quem apenas repousa. É a mesma que atacou Naftalinda, a mesma com quem lutei. Não fosse a mancha de sangue por baixo da espádua e ninguém diria que estava morta. Deixaram o polícia Maliqueto a guardar o troféu. Para evitar que os feiticeiros viessem roubar-lhe a carne. Os feiticeiros, as hienas e os abutres são os únicos que comem carne de leão. Todos os mirones se cansaram e apenas Maliqueto permaneceu de vigia aos despojos.

Ignorando a presença do polícia me prostro perante a felina. Contemplo os olhos abertos, a língua pendente, como se ela estivesse apenas sedenta e cansada. Liberto-me da roupa e, toda despida, deito-me ao lado da leoa, assentando a cabeça sobre o seu imobilizado corpo. Quem sabe ainda se escutasse o pulsar do coração? Demasiado tarde: apenas escuto o meu próprio peito.

Maliqueto olha para mim com um misto de receio e estranheza. Volta a fitar o chão e afirma:

— *Levaram o corpo do seu pai, ainda há bem pouco tempo.*

— *Do meu pai?*

— *Sim. Genito Mpepe morreu. A leoa matou-o. Não sabia?*

Não respondo. Não sei medir o que sinto. Talvez não sinta nada. Ou talvez aquela morte já tivesse ocorrido havia muito dentro de mim.

— *Foi muito estranho* — prossegue o polícia. — *O seu pai pareceu não reconhecer o perigo. Avançou para a leoa, sem arma, dizem que até falava com ela.*

Genito falava com a leoa? Algo me soava falso naquele relato. Contudo, há muito que desistira de procurar alguma verdade neste mundo. Quero falar. Uma cavernosa e incompreensível voz emerge-me da garganta. Maliqueto pergunta, espantado:

— *O que disse?*

Não dissera nada. Quando tento repetir, mais claro, confirmo que, mais uma vez, havia perdido a habilidade de falar. Desta vez, porém, é diferente: daqui em diante não haverá mais palavra. Esta é a minha derradeira voz, estes são os últimos papéis. E aqui deixo escrito com sangue de bicho e lágrima de mulher: fui eu que matei essas mulheres, uma por uma. Sou eu a vingativa leoa. A minha jura permanecerá sem pausa nem cansaço: eliminarei todas as remanescentes mulheres que houver, até que, neste cansado mundo, restem apenas homens, um deserto de machos solitários. Sem mulheres, sem filhos, acabará assim a raça humana.

Um fósforo devorado pelo fogo, assim vejo o futuro. O céu seguirá o exemplo da humanidade: definhará tão infértil quanto eu. E nenhum rio receberá em suas margens os defuntos corpos de crianças. Porque não haverá mais quem nasça. Até que os deuses voltem a ser mulheres, ninguém mais nascerá sob a luz do Sol.

Esta noite partirei com os leões. A partir de hoje as aldeias estremecerão com o meu rouco lamento e as corujas, com medo, converter-se-ão em aves diurnas.

Este vaticínio será, para os de Kulumani, uma confirmação do meu estado de loucura. Que fiquei assim por tanto me distanciar dos meus deuses, esses que trazem nuvens e as fazem derramar em chuvas. Que me fugiu a razão por ter virado costas às tradições e aos antepassados que guardam o sossego da nossa aldeia. Mas eu não obedeço senão ao destino: vou juntar-me à minha outra alma. E nunca mais me pesará culpa como sucedeu da primeira vez que matei alguém. Nessa altura, eu era ainda demasiado pessoa. Sofria dessa humana doença chamada consciência. Agora já não há remorso. Porque, a bem ver, nunca cheguei a matar ninguém. Todas essas mulheres já estavam mortas. Não falavam, não pensavam, não amavam, não sonhavam. De que valia viverem se não podiam ser felizes?

Pela mesma razão, anos antes, matei as minhas pequenas irmãs. Fui eu que afoguei as gémeas. Todos pensam que foi um acidente no barco, mas fui eu que sabotei a embarcação e que a lancei vogando sobre as ondas do mar. Foi melhor que essas meninas nunca tivessem crescido. Porque elas só se sentiriam vivas na dor, no sangue, na lágrima. Até que, um dia, de joelhos, pediriam perdão aos seus próprios carrascos. Como eu fiz, todos estes anos, com Genito Mpepe.

Fui eu que conduzi Silência até à boca da morte, naquela fatal madrugada. Ela era minha irmã, minha amiga. Mais do que isso, ela era a minha outra pessoa. Da parte dela, porém, os ciúmes eram um obstáculo fundo. Silência sempre quis ser eu, viver o que eu vivia, amar quem eu amava. A minha irmã sempre se apropriou dos meus sonhos. Foi assim com o caçador Baleiro. Logo me arrependi de lhe ter contado os meus encontros com o visitante. Porque ela me acusou de inverter a situação, como se aquela história pertencesse a ela. No fundo, era o ciúme que a torturava. Porque ela não tinha alma para, em si, inventar uma outra vida. Estava morta pelo medo. Por isso, quando terminou de viver já não houve falecimento.

✳ ✳ ✳

Chego ao fim. Todo o fim é um início, dizia Adjiru Kapitamoro. Mas não este final. Este é o desfecho de tudo, o desabar dos últimos céus. Só um desejo não cumpri: voltar a ver o mar. Talvez por isso, ao sentir-me adormecer, no meu último humano sono, me invada o mesmo sonho. O mar espraiando-se, aves de espuma cruzando os ares, e Arcanjo Baleiro, desta vez, ressuscitando do sono dos afogados e conduzindo-me para longe de Kulumani, para esse lugar onde moram as miragens e nascem as viagens.

Diário do caçador
(8)

Flores para os vivos

Andei por abrigos extensos. Mas não encontrei sombra senão na palavra.

Cadernos do escritor

Florindo Makwala conduz-me ao leão morto, como se fosse uma excursão ao meu próprio fracasso. Não cacei nenhum dos leões. O meu irmão Rolando pode estar tranquilo: esta não foi a minha última caçada. Esta não foi sequer uma caçada. E a minha mãe, onde quer que esteja, pode-se orgulhar do seu vaticínio: eu e a caça divergimos de destino.

Passámos, no caminho, a buscar Gustavo Regalo. Encontro-o imerso entre os habituais papéis.

— *Deixe o seu trabalho, vamos ver o leão abatido.*

— *Não é o meu trabalho, estou a rever o seu diário.*

— *Vale a pena?*

— *Escute, eu sou escritor, sei avaliar: quem escreve assim não precisa caçar.*

Um nó me prende a garganta. Gustavo não imagina o valor daquela recompensa. Foi um pequeno bilhete que iniciou a minha história com Luzilia. Eram as cartas que faziam o meu pai ajoelhar-se perante a mal--amada esposa. Era inveja o que eu nutria por Rolando quando ele permanecia em casa, sentado como um soberano, na companhia de livros. Sempre fui o da rua, o do mato. O que Gustavo me dava agora era uma casa. Talvez seja por isso que lhe ofereço agora a minha velha espingarda. Gustavo recusa. E eu pergunto:

— *Afinal, não trocamos? Você caça e eu escrevo?*

— *Você deu-me o que, na caça, está antes da espingarda.*

***

E saímos para ir ver o leão, o troféu de tão custosa guerra. A viatura percorre, devagar, uma pequena distância e detém-se junto a um outeiro. Sem dizer palavra, descemos do jipe e percorremos a pé um atalho junto ao rio. É manhã cedo, o cacimbo ainda brilha em pérolas no capim e nas teias de aranha. Máquina fotográfica balançando no peito, o escritor segue atrás de mim. Os espinhos roçam-me as pernas e os braços. Um rastro de sangue é a minha herança. Sou um caçador que sangra mais do que a vítima.

— *Quem matou este leão?* — quer saber Gustavo.

— *Foi Maliqueto* — responde Florindo Makwala, que caminha à frente. — *Genito Mpepe foi quem matou a leoa, essa que atacou Naftalinda.*

A leoa tinha sido morta junto à estrada. A esta hora já fora conduzida para a aldeia onde iria ser exibida como uma prova do êxito da caçada. Restava o macho, que se apresentava imponente. Por esta razão, o administrador pediu que se fotografasse não a leoa mas o leão: a imagem renderia mais nos noticiários da nação.

✳ ✳ ✳

Mais adiante, junto a uma moita de arbustos, lá está o animal. Alongado como só um felino se pode estender. Tinha perdido a dignidade real. O que mais impressiona são as carraças sugando-lhe o focinho. À medida que sentem o amargo sabor da morte elas deixam-se tombar, como cadentes ervilhas cinzentas. Vim ver o leão, o rei da selva, e estou absorvido por insignificantes parasitas. Imagino que uma dessas carraças vai crescendo e rebenta como uma granada de sangue manchando de vermelho todo o cenário.

— *Fotografe-me a mim, junto com o troféu* — insiste o administrador, perfilando-se, garboso, com um pé por cima do animal. Ilusão que não desfaço: o que ali estava já não era um leão. Era um despojo vazio. Não era mais que uma descartada casca, uma pele recheada de nada.

✳ ✳ ✳

Vou visitar Hanifa Assulua. Não ficarei para o funeral de Genito. Quero, pelo menos, apresentar condolências. Para além disso, tenho a incumbência de levar comigo a sua filha, a única que sobreviveu.

Antes de entrar no quintal, recolho umas flores silvestres. Não quero chegar de mãos vazias. Ajoelhado, catando entre as ervas, assusta-me a voz de Hanifa:

— *Outra vez, as flores?*

Quero explicar que é Genito o destinatário do meu gesto. Mas a viúva segue à minha frente, com passo célere, sem vontade de escutar. Já na sombra do terreiro, oferece-me cadeira e senta-se na esteira. Em silêncio, deixa-se rodear por vizinhas vestidas de preto. Não há palavra para falar de quem morreu. Por isso, em silêncio lhe entrego as flores com a devida explicação.

— *São para Genito. Flores quando não há palavras.*

— *O que se pode fazer? A gente vive sem pedir e morre sem ter licença.*

— *Tenho pena de que tenha acabado assim.*

— *Não é a viuvez que me magoa. Eu já estava viúva havia muito tempo* — desdramatiza assim que nos cumprimentamos.

O que a preocupava era a sua filha Mariamar. Estava doente e em Kulumani ninguém a podia tratar.

— *Tenho os papéis do hospital que confirmam que ela deve ser internada. A minha filha enlouqueceu.*

— *Falei com o administrador. Eu levo-a comigo. Mas a senhora vai ficar aqui sozinha?*

— *Tenho campas para tomar conta.*

— *A sua filha virá visitá-la.*

— *Mariamar não pode voltar. Nunca mais. Seria morta pelos vivos, perseguida pelos mortos.*

***

Hanifa entra em casa e regressa minutos depois trazendo uma moça pelo braço.

— *Esta é minha filha.*

A jovem está envolta numa capulana que lhe cobre parcialmente o rosto. Caminha com desanimados passos, como se fosse um espantalho. A mão deixa pender um caderno em cuja capa se pode ler *Diário de Mariamar*. Quando o seu olhar cruza com o meu, uma tontura me fulmina. De súbito, aqueles olhos de mel transportam-me para um passado que parecia desvanecido. Desvio o rosto, sou caçador, sei fugir das armadilhas. Aqueles olhos, de tanta luz, escurecem o mundo. Mas é um escuro bom, um suave entorpecimento de infância. De tão claros, os olhos de Mariamar me devolviam qualquer coisa que, sem saber, eu há muito havia perdido. Agora, dirijo-me a ela como se retomasse uma interrompida conversa e a voz quase me falta quando pergunto:

— *Só levas esse caderno, não levas uma mala de roupa?*

— *Ela não fala* — interfere a mãe. — *Desde ontem que deixou de falar.*

Mariamar gesticula apontando para o caderno. Aquele balbuciar faz-me recordar Rolando, meu pobre irmão, toda a vida tão íntimo com as palavras e agora sem acesso aos mais básicos vocábulos. A moça de olhos de mel esbraceja, a capulana abre-se em asas e a mãe traduz:

— *Ela diz que esse caderno é a sua única roupa.*

***

Dou tempo, arredo-me para que as duas, Hanifa e Mariamar, cumpram os adeuses. Mas não há despedida.

A mão que se demora na mão: é a única fala entre mãe e filha. Essa demora tem um fito que quase me escapa: há uma espécie de colar que a mãe passa, discretamente, para a mão da filha.

— *Também gosto de oferecer colares* — digo.

— *Não é um colar* — corrige Hanifa. — *O que estou a dar a Mariamar é a antiga corda do tempo. Todas as mulheres da família contaram os meses da gravidez naquele longo cordão.*

O presente comoveu Mariamar. Uma sombra nublou os seus olhos e ela deixa tombar o caderno. Assim entreaberto no chão posso ler a primeira das páginas. Está escrito: «Deus já foi mulher...». Sorrio. Naquele momento estou rodeado de deusas. De um e do outro lado da despedida, naquele rasgar de mundos, são mulheres que costuram a minha rasgada história. Contemplo as nuvens, que caminham com o pesado e torto passo da gravidez. Não tarda que chova. Em Palma, aguarda-me a mulher que toda a minha vida esperei.

***

Já instalado na viatura, com Mariamar sentada a meu lado, despeço-me de forma desajeitada.

— *Adeus, Hanifa.*

— *O senhor contou os leões?*

— *Desde o primeiro dia que sei quantos são.*

— *Sabe quantos são. Mas não sabe quem são.*

— *Tem razão. Essa arte nunca aprenderei.*

— *O senhor sabe muito bem: os leões eram três. Falta ainda um.*

250

Olho em redor como se vigiasse a paisagem. É a última vez que contemplarei Kulumani. Será a última vez que escutarei aquela mulher. Com o respeito das coisas derradeiras, Hanifa Assulua sussurra:

— *Eu sou a leoa que resta. É esse o segredo que só você conhece, Arcanjo Baleiro.*

— *Por que me conta isto, Dona Hanifa?*

— *Esta é a minha confissão. Esta é a corda do tempo que deixo em suas mãos.*

1ª EDIÇÃO [2012] 12 reimpressões

ESTA OBRA FOI COMPOSTA PELA SPRESS EM ADOBE CASLON E IMPRESSA
EM OFSETE PELA GRÁFICA BARTIRA SOBRE PAPEL PÓLEN SOFT
DA SUZANO S.A. PARA A EDITORA SCHWARCZ EM MARÇO DE 2024